MW01482276

SEP - - 2016

K   D

BY:_____

NO LONGER PROPERTY OF
SEATTLE PUBLIC LIBRARY

LA NOVELA
DE REBECA

LA NOVELA DE REBECA

Mikel Alvira

GRUPO ZETA

Barcelona • Madrid • Bogotá • Buenos Aires • Caracas • México D.F. • Miami • Montevideo • Santiago de Chile

1.ª edición: julio, 2015

© Mikel Alvira, 2015
© Ediciones B, S. A., 2015
   Consell de Cent, 425-427 - 08009 Barcelona (España)
   www.edicionesb.com

Printed in Spain
ISBN: 978-84-666-5716-7
DL B 14374-2015

Impreso por LIBERDÚPLEX, S.L.
Ctra. BV 2249 km 7,4
Polígono Torrentfondo
08791 Sant Llorenç d'Hortons

Todos los derechos reservados. Bajo las sanciones
establecidas en las leyes, queda rigurosamente prohibida,
sin autorización escrita de los titulares del *copyright*, la
reproducción total o parcial de esta obra por cualquier
medio o procedimiento, comprendidos la reprografía y
el tratamiento informático, así como la distribución de
ejemplares mediante alquiler o préstamo públicos.

Rebeca no es lugar para días grises

A Rebeca, la auténtica, por su nombre.
A Idoia, por ocurrente.
A Simón, tan tenaz.
A Ana, por el temple.

1

En la playa. Invierno

Se colocó la mascarilla, se ajustó los guantes y la miró. Tenía las manos pequeñas y los pechos grandes; al menos, esa era la impresión que daban en relación las unas con los otros, quizás porque estos, vencidos por la gravedad de la postura, parecían enormes.

Simón apagó el ordenador después de cerciorarse de haber guardado el documento, haberlo copiado en un *pendrive* y haberlo volatilizado en el Dropbox. Después, introdujo su lápiz negro en el bote de los lápices negros, el bolígrafo de gel en el de los bolígrafos y la goma de borrar en la cajita metálica en la que se ordenaban otras gomas y algún sacapuntas.

En su cabeza, únicamente la forma de matar a la joven periodista de los pechos grandes.

Apagó la luz del flexo, metió la silla bajo la mesa,

frente al espectacular ventanal de su estudio, y tras comprobar que el paisaje seguía siendo gris, se preparó para salir: melena canosa, bien; cuello vuelto, bien; bufanda anudada sin encanto, bien. Bien los anchos vaqueros con los bajos desgastados. Bien los zapatos con suela de goma y bien el grueso impermeable con piel falsa alrededor de la capucha. Gesto, bien. Porte, bien. Bien el reloj, en hora, como no podía ser de otra manera.

Ya abajo, en el sendero que unía su portal con el linde de la urbanización, contó las macetas, como siempre hacía: diecinueve a un lado, diecisiete al otro. Aquello no le desazonaba, pero sí que, de alguna manera, le cuestionaba. ¿Por qué no en dos hileras de dieciocho? ¿Respondía a algún capricho del portero o era simplemente descuido? ¿Y cómo matar a la periodista de los pechos grandes?

Las escaleras para esquivar el talud de hierba le llevaron hasta el aparcamiento privado: cuesta o peldaños. Aquel día optó por cuesta y alcanzó la arena en cómodos pasos.

Rugía el viento más allá del perfil desconchado de los acantilados y elevaba sobre las olas elegantes tupés de espuma que se deshacían como visillos de hielo. El invierno parecía arrollar cada microscópica parcela de aquel paisaje. Se subió los cuellos y caminó con ritmo decidido.

En su cabeza, como un tictac que le arañara las sienes, de qué manera mataría a la joven periodista, por muy grandes que tuviera los pechos.

Hay días en los que las horas no son horas, son cuadernos. Es como si alguien o algo se empeñara en cambiar los cánones del tiempo, como si se perdiera la perspectiva y se modificara el transcurso consensuado de segundos y minutos. Quizás Einstein pudiera explicarlo, o Bécquer.

Con frecuencia, respondemos al desconcierto con frases que ha acuñado el acervo popular y que se resumen en «ha pasado un ángel» o «se me ha ido el santo al cielo», cuando, en realidad, quisiéramos decir «a tu lado, el tiempo se detiene» o «contigo todo es posible».

No somos nosotros quienes escribimos en ese cuaderno, sino las emociones que se suceden, irremediablemente, unas tras otras —y en ocasiones solapadas— cuando perdemos la conciencia del tiempo y nos dejamos modelar por él.

Simón miró su reloj y esbozó una sonrisa. No se veía a nadie. Nunca se veía a nadie. Aún no habían dado las nueve de la mañana y él ya llevaba tres horas levantado. Había hecho sus estiramientos de espalda, había tomado su café solo y había escrito durante todo aquel tiempo, como cada día desde que se encontraba enfrascado en su nueva novela.

Decir nadie era obviar a las gaviotas, que como siniestros ángeles desorientados se atolondraban en sus idas y venidas. Y a algún pescador que, allá en el otro extremo, cerca del aparcamiento público, se empecinaba en retar al frío tensando sus sedales más allá del rompiente de las olas. Y a un tipo que corría enfundado en ropa técnica elevando sus pies como un pingüino, torpe sobre los arenales removidos por el aire.

Decir nadie era decir nadie nuevo.

Si la mataba asfixiándola, sería sencillo dar con alguna fibra del cojín, así que pensó que habría de preverlo en cuanto volviera a su ordenador.

Se colocó la mascarilla, se ajustó los guantes y la miró. Tenía las manos pequeñas y los pechos grandes; al menos, esa era la impresión que daban en relación las unas con los otros, quizás porque estos, vencidos por la gravedad de la postura, parecían enormes. El pelo había sido dispuesto en abanico sobre el acero inoxidable de la mesa, de manera que una suerte de peineta negra y brillante le enmarcaba los duros ángulos de su rostro, el mentón egipcio y los ojos almendrados. El cuerpo, sin embargo, no sufría de rigor, por más que llevara, según el informe, casi siete horas cadáver, y se antojaba todo él como de relleno de espuma, mullido, fresco y lozano, espléndido en su desnudez, de manera que hasta el forense pensó que iba a ser una lástima cercenarlo. Le quitó el collar preguntándose cómo su asistente no había reparado en él al desprender a la mujer de la ropa, y lo depositó en una bandeja unos segundos antes de empezar con la autopsia.

—Una obra maestra.

Dio por concluido el relato de la autopsia. Le reconfortaba haberse revuelto el estómago describiendo los pasos del forense, sin duda, un buen personaje. Aquella había sido una fructífera jornada. Úrsula estaría orgullosa de él.

No cabía duda de que los paseos por la playa le servían para despejar la mente, oxigenar las neuronas y obtener ideas. Sin mar, su literatura sería un fiasco.

Ocupó la mañana recorriendo la arena de una a otra punta, despacio, escrutando a sus colegas de paseo, anotando en su cabeza las nuevas ideas que le asaltaban e hilando los párrafos que acababa de escribir y los que escribiría a lo largo del día. Sería buena idea empezar cada capítulo con un consejo sobre decoración; introducir los consejos de Rebeca, los artículos de *Arquitectura Exclusiva*, volvería locas a las del departamento de maquetación, pero necesitaba aquella estructura.

El minimalismo y el estilo diáfano gozaron de su momento de gloria a principios de este siglo, pero ahora, precisamente porque estamos en crisis, necesitamos llenar nuestras habitaciones de color, de materiales orgánicos, de texturas. Sin perder de vista lo funcional, la decoración ha dado paso al concepto de hogar. No habitamos salas de espera ni fábricas; habitamos nuestro paisaje cotidiano.

Comió verdura cruda y un filete de pavo. En la nevera, comprobó que pronto tendría que hacer otra expedición al supermercado, algo que aborrecía por la pérdida de tiempo que suponía y, sobre todo, de contacto con otros seres humanos. Si por él fuera, viviría en solitario en un mundo en el que la única vida fuera la suya.

Ni siquiera necesitaba a sus lectores.

Por eso, cuando por la tarde le llamó Úrsula, no pudo menos que esbozar un gesto de fastidio intentando cerrar la conversación cuanto antes pues sabía de sobra qué le iba a decir.

—Deberías ir pensando en enviarnos un adelanto, un primer capítulo. En la editorial empiezan a ponerse nerviosos. Te lo exijo como agente tuya que soy.

Úrsula era impresionantemente predecible. Nadie concebía a Simón Lugar sin su agente, Úrsula Fibonna, como nadie mentaba a la agencia de Fibonna sin hacer mención a su principal escritor, Simón Lugar.

—Lo enviaré cuando tenga algo que enviar.

—No te pongas arisco. Sabes cómo funciona esto. Lo último que quiero es meterte prisa. Es una simple cuestión de plazos. Si queremos que el libro esté en verano, tendríamos que ir revisando los manuscritos. Seguro que haces algo lindo, y no una paparrucha.

Úrsula solía usar términos así, como «paparrucha» para decir que algo no le gustaba o «pintiparado» para dar su aprobación a la manera de vestirse de Simón, o «lindo» para dar su visto bueno ante un manuscrito.

Sin embargo, no daba la impresión de ser una mujer frágil o meliflua sino, más bien, la de ser alguien segura de sí misma, decidida y con un innegable olfato para los negocios editoriales, como se desprendía de su cartera de representados y de los derechos que solía conseguir vender para hacer películas o series de las novelas de aquellos.

—Tengo que pensar.

—No hay mucho que pensar. Eres bueno. Déjate llevar y las páginas fluirán. Quizás no deberías darle tantas vueltas. Al fin y al cabo, tus lectores aceptarán cualquier cosa, lo sabes.

—Mis lectores podrían irse todos a la mierda.

Según los últimos datos obtenidos, en el país se consumen algo más de trescientos cincuenta millones de pollos al año, con lo que el oficio de sexador de pollos es uno de los mejor remunerados del sector primario, junto con el de catador de trufas. No me cabía duda de que, si no resultaba tedioso, sería un trabajo excitante. Cuando digo «excitante» no me refiero al terreno de lo conspicuo, sino al laboral, pues, reconozcámoslo, dedicarse entre cinco y ocho horas al día a mirar los genitales a un ave ha de ser excitante. Si no es tedioso, repito.

Excitante por lo que tiene de determinante. Es imprescindible saber si se trata de pollito o de pollita, ya que el pollito se deriva al consumo de carne y la pollita al de acabar siendo una gallina productora de huevos.

Excitante también porque para llegar a convertirse en un sexador bien pagado, hay que cursar estudios en Nagoya, ciudad japonesa donde se ubica la única facultad para sexadores de pollo reconocida mundialmente, algo que no ha de extrañar si tenemos presente que fue allí donde se creó, en mil novecientos veinte, este oficio. Y asumamos que Japón es excitante. No en vano, el *sushi* se considera afrodisíaco.

Por eso, cuando entré en la granja y reconocí el cuerpo del sexador meticulosamente colocado con dos aves en sendas manos (pollito y pollita), en lugar de deleitarme en la rotunda y sublime plasticidad del cadáver, convertido casi en un icono daliniano, ni en la pulcritud del tajo que le había degollado, me quedé pensando que, en el fondo, aquel malnacido habría pensado en su último aliento que era una auténtica lástima terminar una carrera profesional así con la yugular seccionada.

La periodista de las tetas grandes y el sexador de pollos: se me acumulaban los fiambres.

2

Buenos Aires.
Pocos días antes de conocer a Eme en la playa

Sorpréndete y sorprende a tu propia casa. No te conformes. Las sorpresas son deliciosas. Una vida sin sorpresas es un plato vacío, un sofá sin cojines, una ventana sin cortinas.

Sal de compras y vuelve con lo que menos te habrías imaginado. Tu hogar merece una sorpresa.

Cuando el cartero le entregó el correo certificado, ella se llevó tanta sorpresa que tuvo que sujetarse en el quicio de la puerta para no perder el equilibrio. Tomó el sobre, estudió el membrete y un escalofrío le recorrió la espalda. Nada bueno podía llegar del Juzgado. Las sorpresas, cuando hay mucho que tapar, no son agradables.

En una salita sin encanto, presidida por un taquillón de formica reluciente en el que, junto a un enorme televisor, se agolpaban figuritas minúsculas de porcelana y portarretratos con fotografías en colores quemados, dos mujeres afligidas intentaban ordenar las ideas.

—Mira qué ha llegado esta mañana —dijo a su hermana. Olía a mate. Más allá de la galería acristalada, Buenos Aires atardecía con languidez y luces inciertas.

—¿No lo abriste?

—No me atrevo.

—¡Trae para acá! —obligó la mayor de ellas.

Sus manos, repletas de manchas y venas entrecruzadas como las vías de una terminal de ferrocarril, rasgaron la carta y extrajeron el contenido, un pliego doblado en tres.

—¿Qué dice?

—¿Vos no ves que estoy leyendo?

Al cabo de unos segundos, la una miró a la otra.

—Cagamos, boluda.

—¿Lo de la nena?

—Lo de la nena.

—¿Cómo pudo ser?

—Y...

—Nos agarraron, estamos hasta las manos. Algún recontrahijo de mil putas nos delató. Te citan para juicio. Pronto me llegará la misma mierda de carta a mí y me citarán igualmente.

En sillas flanqueando una mesa camilla, las dos hermanas contemplaban el sobre y el pliego entreabierto. Sus rostros se habían demudado. No dejaba de ser curioso que su entonación al hablar, tan porteña, tan grácil, se convirtiera en una especie de tango largo que buscaba las palabras con las que desembarazarse del trago.

—¿Vino certificada?

—Y firmé.

—Necesitamos un abogado, uno que chamulle bien.

—No tenemos plata para pagar uno bueno.

—De todas formas, hay poco que hacer. ¿Vos creés que hay algo que hacer?

—Callar.

—¿Callar?

—La culpa fue tuya. ¡Vos me obligaste a ello!

—Sos una vieja estúpida.

—No volveré a pasar por lo mismo. En cana de nuevo, no.

—Nadie ha hablado de cárcel.

—Te juro que antes me mato. Y antes de matarme, te mato a vos.

—En efecto, sos una vieja pelotuda.

—¡No estoy bromeando!

—Antes me mato.

—Sos una histérica.

—Y antes de matarme, mato.

—Y una exagerada.

—Lo digo en serio.

—Y una cobarde.

3

En la playa. El día que vio a Eme

Amiga, corre las cortinas y descubre un universo al otro lado de los cristales. Mete en tu salón el paisaje que te rodea; permite que tu cocina se inunde de los colores que visten tu barrio. Haz de la ventana un escenario en el que ampliar las cuatro paredes que con tanto gusto has decorado.

Para ello, fuera cortinones y obstáculos frente al vidrio. Hay un mundo infinito ahí fuera y tú te lo mereces porque eres estupenda.

Amanecer en una casa con vistas al mar es abrir una ventana a un mundo infinito. La cama de Simón estaba colocada de manera que, recostado sobre el cabecero, se veía una porción inmensa de cielo y una razonable superficie de agua, por lo que nunca tuvo cortinas y jamás bajaba la persiana.

Era aún de noche cuando abrió los ojos y, pese a la negrura del exterior, intuía nubarrones y sentía la presencia de aquella lengua de océano que, meciéndose como un charol mágico, le llamaba a gritos.

Decidió, rompiendo así su liturgia, que no haría estiramientos y no desayunaría. Algo le empujaba a ponerse la chaqueta y a bajar a la playa. O, mejor, algo le atraía aquella madrugada. Puede que simplemente fuera curiosidad.

La noche anterior había estado trabajando más allá de la hora permitida, las diez y media, y se había alargado hasta casi la una. Estaba en racha, contento, razonablemente satisfecho pese a su pecado de saltarse lo establecido.

—Mujer caucásica —pronunció haciendo recuento—. Cuarenta y cuatro años. Muerta por asfixia, probablemente con un cojín o manta, según los restos de fibra sintética encontrados en su boca. Hombre caucásico, sexador de pollos. Cuarenta y cuatro años. Muerto al seccionársele la yugular con una incisión digna de un cirujano.

Sus palabras con las características de los dos personajes que acababa de asesinar la protagonista de su novela, pronunciadas por encima del susurro de la brisa que llegaba desde la arista del acantilado, sonaron en aquel amanecer como una grosera frase en mitad de una boda, como un grito en un velatorio, como una blasfemia en un bautizo.

Ya frente al mar, respiró hondamente varias veces y permitió que el aire le llenara los pulmones, inundara su cuerpo de salitre y espantara los viejos fantasmas.

El tiempo se detuvo.

Entonces comenzó a estirarse como lo habría hecho en casa, en aquella autoimpuesta flagelación cotidiana, sin conseguir apartar de la cabeza temas como la inminente necesidad de la compra, la conversación con Úrsula, su agente, y el callejón sin salida en el que se estaba metiendo con el rumbo que habían tomado sus páginas.

No, no estaba en racha; no estaba contento; no estaba satisfecho. Muy al contrario, se encontraba perdido. Rebeca no funcionaba como él había previsto que lo haría.

Rebeca le tenía obsesionado. ¿Cómo había llegado a aquel punto? ¿En qué instante maldito se empezaron a torcer las cosas? ¿Acaso él no estaba por encima de las flaquezas del espíritu?

Rebeca.

—Rebeca... —suspiró.

Un fogonazo de lucidez le catapultó hasta Buenos Aires y pensó en ella. Rebeca y Buenos Aires le expandieron las costillas hasta la hiperventilación. Sin mar, su literatura sería otra. Sin Buenos Aires, quizás no sería.

Buscó con la mirada algo que arrojar al agua y encontró un viejo tronco maleado por las mareas. Lo asió con fuerza y se dispuso a lanzarlo con furia. Era algo que con frecuencia hacía: tirar objetos al mar era una catarsis, una explosión de violencia (la única que se permitía), un desahogo. A veces, en aquel ejercicio, había surgido una idea o un nombre o un párrafo.

Pero, cuando estiró su brazo y se preparó para el lanzamiento, algo le detuvo. Era el inusitado tacto con la madera mojada, la novedosa caricia de aquel tronco de seda, la piel húmeda que, como un brazo vivo, le reclamaba atención.

Lo miró despacio, lo depositó en la arena y se echó las manos a la cara. Se sentía el ser más arruinado del universo.

Odiaba a Rebeca, su personaje.

Quería a Rebeca... y a Luz. Las quería. Las amaba, a su manera, a la manera del poeta.

Minutos más tarde, desandaba sus pasos para volver a casa. Los pescadores del puntal ya habían desplegado sus aparejos y el atleta matutino iniciaba su entrenamiento como cada mañana. Calculó que serían cerca de las ocho y media.

Y entonces la vio llegando hacia él. Estaba sola y constituía una novedad en su playa.

Dos desconocidos lo son hasta que comparten el espacio con la mirada. Coincidir las miradas es entrar en el cosmos del otro, habitar su círculo, invadir su atmósfera. No hacen falta salutaciones ni ser presentados; cruzar la línea invisible que se proyecta desde los ojos convierte al ajeno en prójimo.

Eso sucedió aquella mañana.

Simón y ella se miraron. Fue un instante, un infinitesimal instante si se compara con la duración de la existencia, pero suficiente como para que sintieran la necesidad de saludarse.

No lo hicieron, no se saludaron, pero él no pudo apartar de su cabeza la mirada de aquella joven.

No fue capaz de apartarla de su cabeza cuando, aquella mañana, volvió a su apartamento y siguió escribiendo. Ni cuando se preparó la comida en la cocina americana que compartía ventanales con la salita, convertida en estudio porque jamás nadie visitaba la casa. Ni cuando, por la tarde, bajó nuevamente a la playa a recuperar el tronco mojado que no se había atrevido a lanzar al mar. Ni cuando, convencido de que la marea alta del mediodía se lo había llevado, se resignó a no encontrarlo.

No fue capaz de quitársela de la cabeza cuando estuvo trabajando por la noche, comiendo chocolate y bebiendo tónica sin ginebra.

No fue capaz de olvidarla porque había surgido de la nada.

No fue capaz de apartar su gesto de la mente porque aquella muchacha había pasado tan cerca de él, tan cerca de él, que había mellado su universo y había impregnado de presencia la soledad que habitaba.

Simón habitaba una soledad autoimpuesta, quizás premeditada, quizás pretendida, probablemente conciliadora y pacífica, y la muchacha de la playa, con su no saludarse, había anunciado la búsqueda de un saludo.

No fue capaz de borrarla porque le debía aquel saludo.

La dueña del restaurante era una mujer fina, delicada, de dedos largos y piel cetrina. Su gorro y su delantal siempre iban a juego: si negro, negros ambos; si blanco, ambos blancos; si gris, de gris; si en tonos salmón, ambos asalmonados, y si en amarillos, los dos de amarillo.

Tenía su cocina impecable, aunque eso le costara más de un disgusto con alguno de su equipo, y solía presumir de ser ordenada, eficaz y metódica. Resultaba grotesco verla muerta entre la línea de fogones y la bancada de despiece.

—Y van tres —me dijo Enrique, mi tío, el forense.

Observé a la mujer. Allí tumbada, con el cuello roto, parecía una muñeca a la que le habían cascado la bisagra de la cabeza. En su mano cadáver, la receta de la crema catalana.

—Una cocinera descoyuntada, un sexador de pollos degollado y una periodista asfixiada con un cojín.

—¿Crees que hay relación? —le pregunté, a sabiendas de que los agentes uniformados me escuchaban.

—Sí. Los tres han ocurrido en mi zona. Yo soy el nexo de unión.

—Qué tonto eres, Enrique.

—Los tres tienen cuarenta y cuatro años.

—La conocías. ¿Verdad?

—Sí. La entrevisté una vez para la revista.

—¿Y a la periodista del cojín?

—De oídas. Ella era seria. Lo mío ya sabes que son frivolidades.

—¿La decoración es una frivolidad?

—Y la cocina de diseño, y la moda, y la arquitectura para ricos...

Enrique, a la vez que hablaba conmigo, examinaba el cuerpo, miraba de reojo a los ertzainas y sonreía. Enrique era un hombre de altas capacidades.

Simón guardó el documento, lo copió en el *pendrive*, lo subió a Dropbox, metió el lápiz y el bolígrafo y dejó la goma en su sitio. El reloj marcaba las doce. Más allá de la ventana, la oscuridad absoluta anunciaba una nueva noche sin estrellas.

La crema catalana o crema quemada es el postre típico de la cocina catalana. Su base es una crema pastelera con yema de huevo que se suele recubrir con una fina capa de azúcar caramelizado, lo cual le da la gracia por la textura crujiente. Se come durante todo el año pero es costumbre prepararla el Día del Padre.

Hundir un bisturí en un cuello debía de ser como cascar la cobertura caramelizada de la crema catalana, pensó Simón ya acostado, con la diferencia de que la sangre que comienza a fluir nos recuerda que estamos ante un cuerpo humano.

Solía leer cerca de una hora antes de acomodarse para dormir, siempre boca arriba y siempre con las manos en el estómago. En el suelo, perfectamente apilados, aguardaban pacientes varios títulos, algunos merecedores de deleite y otros, de crítica.

—Rebeca...

Miró su mesilla: tres marquitos albergaban tres fotografías. En una, Simón posaba delante de un campo de lavanda, con una casa rojiza al fondo y una bicicleta apoyada en un pretil; en otra, una calle de Buenos Aires, con una larga hilera de coches; en la tercera, dos jóvenes lucían torso desnudo en un frontón.

Se durmió pensando en la joven desconocida de la playa, con un nudo en la nuez que le impedía tragar con fluidez, como si fuera a él a quien le estuvieran asfixiando con un cojín.

Tomó el *Diccionario de la Real Academia Española*.

Rebeca.
(Del n. p. Rebeca, título de un filme de A. Hitchcock, basado en una novela de D. du Maurier, cuya actriz principal usaba prendas de este tipo.)
1. f. Chaqueta femenina de punto, sin cuello, abrochada por delante, y cuyo primer botón está, por lo general, a la altura de la garganta.

4

En la playa. Navidad

Los muebles auxiliares aportan calor a nuestras estancias. Si además son de segunda mano o realizados con materiales recuperados, convierten cualquier esquina en un rincón singular. Ya no son aquellos elementos anodinos cuya única razón para existir radicaba en su practicidad. Muy al contrario, ahora son la sal de la vida, la guinda, el fiel de la balanza.

Se durmió con el diccionario en el pecho, pensando en la joven desconocida de la playa, por eso, cuando despertó, se vistió con celeridad y bajó con la esperanza de encontrársela nuevamente. Muchas veces, las esperanzas son irracionales; ahí radica su magnetismo.

Contó las macetas asimétricas, tocando cada una de ellas con su dedo índice, y eligió nuevamente la rampa para alcanzar la arena. Pensó que, ya sí, por la tarde tendría que ir a hacer la compra.

La novela caminaba a buen ritmo, las páginas se sucedían y los capítulos ganaban en estructura. El problema era que estaba saliendo una novela que no era la que él quería escribir.

Extrajo un papel de uno de sus bolsillos. Siempre tenía los bolsillos llenos de papeles, recibos de aparcamiento, recibos de taxis, recibos del supermercado, recibos viejos junto a recibos nuevos, calendarios, hojas de libreta, ideas escritas a todo correr en servilletas y hojas de publicidad. Con un lápiz que encontró en la chaqueta, compuso la lista de sus reflexiones.

- ✓ ¿Dónde reside el secreto?
- ✓ ¿Hay una piedra angular en la creación literaria?
- ✓ ¿Existen fórmulas?
- ✓ ¿Es válida la intuición como motor de la creación?
- ✓ ¿Debería asumirse el ensayo-error como una estrategia fundamental en la producción de cualquier disciplina artística? ¿El problema radicaba en Rebeca?
- ✓ Tengo que ir al súper.

La muchacha desconocida tardó no más de quince minutos en aparecer. Venía desde el extremo del aparcamiento público. A Simón le dio la impresión de que vestía la misma ropa que el día anterior, aunque no estaba muy seguro. Nunca había sido muy ducho en esas cosas, y aunque en sus entrevistas televisivas y en sus reportajes para la prensa presumía de ser observador, lo cierto es que los detalles se le escapaban de cualquier examen. Él era más de grandes procesos, de grandes ideas, de grandes trazos, de grandes brochazos, de la meta-economía, de lo macro, de lo estructural.

Sin embargo, cuando se cruzaron la vista, quiso entender que ella le sonreía. Resultaba ridículo, por supuesto, primero, porque ella no tenía ningún motivo para sonreírle; segundo, porque, de haberle sonreído, eso no significaba nada; tercero, porque una muchacha de no más de treinta años jamás le habría sonreído como él quiso pensar que le sonreía.

Ridículo.

Simón se sentía ridículo. En aquellos momentos, era un ser mínimo, absurdo, así que decidió abandonar la playa, volverse a paso ligero hasta la casa y encerrarse a escribir compulsivamente. También era ridícula la novela que estaba tejiendo, pero, al menos, se sentía seguro frente al ordenador porque él nunca le sonreiría.

Empezaba a estar harta de aquellas crónicas para la revista *Arquitectura Exclusiva*. Me pagaban bien y no me presionaban, algo extraño en mi profesión, pero llevaba tantos artículos, tantas sentencias y tantas sandeces impresas, que cada vez que me sentaba al ordenador, me deprimía. Odiaba hablar sobre el minimalismo, los muebles «retro» o los espacios recuperados.

Ahogaba mis melancolías bebiendo *gin-tonics* que yo misma me preparaba, en casa, con la habilidad de la experta doméstica, y consultando la cuenta de ahorro en la que *Arquitectura Exclusiva* me ingresaba la nómina cada mes.

Escribía sobre casas de famosos, sobre tendencias llegadas de Nueva York o Berlín, sobre productos de diseño que se publicitaban en la revista y que, en definitiva, mantenían mi sueldo, y sobre supuestos hallazgos que se suponía que yo misma descubría en anticuarios y brocantes.

Así, mi oficina, que era mi despacho en casa, era un muestrario de mis tres debilidades:

En una mesa blanca me desafiaban mi i-mac, las publicaciones de la competencia apiladas, las carpetas con los proveedores y marcas que debía citar, los cuadernos con mis borradores y, desplegadas pulcramente, las fotografías en las que tenía que inspirarme para comentar tal o cual villa u hotel.

En otra mesa, una de madera desvencijada, mi preferida, me urgían los apuntes que tomaba de mis pesquisas con mi tío Enrique, las instantáneas de los cadáveres y las ideas garabateadas que iba apuntando en un bloc.

Al fondo, junto a la ventana, la mesa de cristal, donde aguardaban los libros que iba leyendo y los borradores de mi novela junto al ordenador portátil.

Y otra vez Rebeca.

Se le pasó la hora de comer. Apenas había bebido y ni siquiera se había levantado para ir al baño. Estaba poseído, agobiado, luchando por enderezar el timón de su novela antes de que encallara en los acantilados de la vulgaridad y tuviera que hundirla definitivamente.

La culpa era de ella, de Rebeca. ¿Por qué había escogido aquel nombre? ¿Es que no había cientos, miles, millones de nombres? ¿No sabía él de antemano que elegir el nombre de Rebeca le acabaría pasando factura?

Levantó la vista, recordó la sigilosa sonrisa de la joven de la playa, y continuó escribiendo hasta que la noche le alcanzó desfallecido, vencido y frustrado.

Se sorprendió pensando en la sonrisa de la *Mona Lisa* y en la de *La lechera de Burdeos*, si es que aquello eran sonrisas, y en la de *La joven de la perla*, tan melancólica, y en la sonrisa de la niña de *La ronda de noche* de Rembrandt, sonrisa que solo Rembrandt y él conocían.

El Simón Lugar de la fotografía delante del campo de lavanda, en el portarretratos de la mesilla, sonreía como nadie.

—Rebeca, tenemos un problema —me dijo.

Unos segundos después, me calzaba, me echaba por encima una chaqueta y bajaba al garaje a coger mi coche.

Nada más llegar, comprobé que la Ertzaintza impedía el tránsito, pese a lo cual Enrique hizo que me permitieran colarme. Fuera como fuese, o por el hecho de ser su sobrina o porque mi apellido abría puertas y cordones policiales, inmediatamente pude presenciar con mis propios ojos de qué se trataba en aquella ocasión.

—Clavículas.

—¿Cómo?

—A esta se la han cargado partiéndole las clavículas,

como a Jesucristo. Cuatro muertos en diez días es algo excesivo; no mucho sino excesivo. No tengo ni idea de cuáles son las estadísticas ni si andamos por encima de la ratio, pero está claro que Uribe Kosta no es Nueva York, y cuatro fiambres empiezan a ser, en efecto, un problema.

Los agentes uniformados le escuchaban como a un viejo profesor en su cátedra.

Una mujer de alrededor de poco más de cuarenta años colgaba desnuda del techo de un chiringuito de playa. La habían crucificado por los antebrazos clavándola a una viga. Tenía la mirada totalmente ida, como de pánico, como si acabaran de darle un susto. Dos enormes hematomas evidenciaban que tenía ambas clavículas rotas.

—¿Se puede saber qué hace esta aquí? —preguntó a Enrique el comisario Larraskitu.

—Es Rebeca Leeman, mi sobrina.

—¿Leeman? —contestó con sorna, sin mirarme—. Sé quién eres, Leeman. La de las revista de casas, la hija de su padre. Tu sobrina, Enrique. ¡No me jodas!

A la semana, mi tío Enrique me hablaba en un bar cercano a la comisaría, frente a un café él y una copa de vino blanco yo, en compañía de Mielgo, un sargento de la Policía Autonómica, claramente incomodado, quien bebía Nestea y escuchaba las conclusiones con gesto absorto.

—Tenemos cuatro cadáveres. Tres mujeres y un

hombre, todos de la misma edad. Con esta última se han ensañado. A la primera, periodista, la asfixiaron con un cojín. Al de los pollos le sajaron el cuello. Lo curioso es que no usaron un cuchillo sino un bisturí: la autopsia no deja lugar a dudas. Si el asesino usó un bisturí es porque lo llevó hasta la granja de pollos. Podemos hablar de premeditación. Con la cocinera, sin embargo, la cosa cambia y podemos volver a hablar de improvisación: nadie necesita mucho ritual para partirle las cervicales a una pobre mujer. Con la del chiringuito hablamos de una vuelta de tuerca. Habrá que esperar a la segunda autopsia, pero todo apunta a que hubo ensañamiento y alevosía y, en definitiva, muy mala leche. La secuestrarían, la llevarían hasta el chiringuito, cerrado en estos meses de invierno, y la colgaron del techo. Alguien se tomó la molestia de tener a mano una pistola de clavar y, seguramente, hasta una escalera. Al crucificarla y partirle las clavículas, los pulmones se encharcarían y acabaría muriendo de sendos edemas. Horroroso.

—¿Crees que tienen conexión? Vemos modus operandi muy distintos.

—Te diría que no, aunque son los investigadores quienes sabrán a qué atenerse —dijo mirando al sargento—. Yo, al fin y al cabo, solo soy un forense. Además, Larraskitu empieza a estar un poco harto de que te colemos en los escenarios del crimen.

—Larraskitu es un gilipollas, tío.

El sargento carraspeó, aunque creo que sonrió asintiendo.

—¡Si tu padre no fuera quien es, ni de lejos te permitirían ver lo que has visto! Más te vale que la novela que hagas sea buena, sobrinita.

Se acabó el café y dio por terminada la conversación. El sargento se despidió y nos dejó solos.

—¿Te llevo a casa?

—No. He venido en moto.

—Eres una pija, Rebeca.

—Vivo de ser una pija —sonreí.

Ya en la calle, nos despedimos con un par de besos.

—¿Irás este domingo a casa de la abuela?

—¡Qué remedio, tío! Si no, tu hermano me desheredará —bromeé.

—Es evidente el nexo entre las cuatro muertes.

—¿De veras? Cuatro escenarios, cuatro maneras diferentes...

—Y los cuatro, con cuarenta y cuatro años.

Simón se echó hacia atrás en su silla, levantó la barbilla y perdió la vista en el inmenso mar que se desparramaba como una sábana de estraza azul más allá del linde de la arena. Sintió la necesidad de reflexionar sobre la edad.

Un escalofrío le invadió la espalda urgiéndole a escribir. Ya era hora de que hiciera una buena novela. Ya era edad de ello.

Tomó un lápiz y jugueteó con él tamborileando sobre la mesa. Luego lo dejó en su sitio y abrió el armario gabanero del vestíbulo, ordenó sus chaquetas y colocó bien los zapatos. Se sirvió un vaso de agua.

Volvió al gabanero y cambió alguna prenda de sitio hasta lograr agruparlas por colores: gris, negro, marrón claro, marrón oscuro. Había una americana azul. ¿Dónde encajar la americana azul? ¿Con los marrones por ser un color ajeno a la gama del negro? ¿O con los negros por ser oscuro? ¿O como frontera entre ambos?

Cogió la americana, la desprendió de la percha, la metió en una bolsa grande de supermercado y la bajó a la basura. De vuelta en casa, se sirvió un nuevo vaso de agua, tomó otra vez un lápiz y prosiguió con su repique sobre la mesa.

Ya era edad, sí.

Dejé la moto junto a mi coche, un Beetle divertidísimo, sin dejar de pensar en las palabras de mi tío. Era consciente de que mi apellido me abría puertas y de que Larraskitu, el comisario al frente de la investigación, se mordía la lengua cada vez que me veía merodear por los escenarios de los crímenes. Creo que sentí lástima por él.

Pensé en mi tío Enrique y me di cuenta de que, gracias a los asesinatos, me sentía más unida a él. Más, si cabe.

El tío Enrique siempre había sido mi tío preferido. Y yo, su sobrina predilecta. Era evidente.

Antes de subir a casa, entré en mi trastero. Los trasteros, con frecuencia, son las catacumbas de nuestras vidas pasadas, y acumulamos en ellos objetos en desuso que guardamos por no tirar pero que mantenemos porque así pensamos que los viejos tiempos quizás volverán algún día. Yo, sin embargo, me quedé mirando la ausencia de trastos, reconfortada por aquel vacío absoluto en el que solamente había una bombilla colgando del techo, una escalera de mano y una pistola de clavar.

5

Buenos Aires.
Unos días antes de conocer a Eme

> Combate el frío con imaginación. Encender los radia-
> dores es una buena idea, pero también cambiar la textu-
> ra de tus cojines, revestir tus sofás de mantas y cubrir los
> suelos con alfombras confortables.

Las dos viejas terminaron su botella de licor, se co-
locaron los pañuelos alrededor del cuello y se cubrie-
ron con sus livianas chaquetas de punto frío, gastadas,
raídas, supervivientes del esplendor de hacía años. Los
chirridos del ascensor las acompañaron hasta el portal,
donde el fresco de mármol y soledad les hizo olvidar,
por una décima de segundo, el cáliz que atravesaban.
Ni siquiera se miraron.

Aquella mañana, la mayor de las dos había recibido
su citación judicial para comparecer en breve, con la

misma acusación, el mismo formalismo y el mismo membrete que su hermana. La carrera hacia el infierno acababa de comenzar y, como tras un pistoletazo de salida, ambas caminaban por la acera de la avenida Tucumán hasta la esquina con Esmeralda, donde giraron para acercarse al Hotel O'Rei, y desde ahí, al edificio en el que Amando Mielgo tenía su modesta oficina de procuradores.

Una vez allí, las escuchó el picapleitos, un hombre con aspecto de ratón de biblioteca, mal vestido, peinado a lo antiguo, con gafas de gruesa pasta marrón y zapatos de cordones. Era obvio que aquel picapleitos les cobraría poco, pero no daba para más la plata para la defensa, y eso que era todo cuanto las dos hermanas poseían.

—Va a ser complicado... —dijo después de leer ambas citaciones y tomar notas durante más de dos horas—. Ahora hay tanta sensibilidad con estos asuntos, que no se entiende nada de nada. La patria se va al carajo. Tanta libertad y tanto permiso y tanta apertura han hecho que no se entienda la autoridad.

—Yo no paso otra vez por la cárcel.

—¿Vos te vas a callar o no? —replicó su hermana.

—Antes me mato y te llevo a vos conmigo.

6

En la playa. Octubre.
Dos meses antes de conocer a Eme

La vida no es supervivencia. No seas dramática. La vida es goce, es disfrute. Si amueblas correctamente tu vida, nada ni nadie te evitará disfrutarla. ¿A qué esperas?

La vida es supervivencia. Cada persona, cada ser individual y minúsculo del planeta, ocupa su existencia en sobrevivir. No hay otro camino ni otro destino.

Sobreviven quienes no pueden plantearse otra meta que su mero mantenimiento. También quienes ni siquiera se lo plantean. Los que luchan por esquivar el hambre y los que pugnan por cambiar el mundo. Los magnates sobreviven, los políticos, los funcionarios, los artesanos, los autónomos, los empleados por cuenta ajena, los genios, los imbéciles.

No existe otra lectura. Cada mañana, cada corazón

de cada cuerpo sobre la faz de la Tierra, cada ventrículo y cada aurícula, o tal vez cada neurona de cada cerebro de cada cabeza, no posee otra motivación que la de militar la supervivencia. Ni siquiera el deslumbrante oropel de la gloria, la promesa de la eternidad o el envite de la fama privan al ser humano de la metamorfosis que supone aspirar a seguir vivo al día siguiente.

La urbanización contaba con un frontón en desuso levantado más allá del último bloque de pisos, en un espacio prácticamente ganado al talud del acantilado. Se construyó al poco de inaugurarse los apartamentos, y tuvo sus años de auge en los primeros veranos de existencia, cuando maridos jóvenes y presumidos copaban la cancha cada madrugada en la época de estío con un invento llamado frontenis.

Aquella tarde, sin embargo, Simón no era un marido presumido ni había grupos de chavalillos desparramados por los límites del frontón contando los tantos y animando a unos y a otros con la esperanza de que se marcharan para tomar ellos el relevo. Aquella tarde, al contrario, solo las pequeñas montoneras de hojas amarillas y alguna pelota abandonada lo recibieron cuando ascendió por las escaleras y comenzó a calentar blandiendo la raqueta como un sable malencarado.

Jugó durante más de una hora, hasta alcanzar el sudor y la fatiga. Hacía años que no subía allí. La última vez, con su hermano, aquel día en el que alguien los fotografió sin camiseta después de batirse el cobre con las palas.

Supervivencia, no dejaba de pensar en la supervivencia. En la suya, en la de los suyos, en la de Rebeca, en la de sus novelas. ¿Quién perduraría más? ¿Su propio nombre o el de sus personajes? ¿De qué eran más conscientes sus lectoras? ¿De la autoría o de la historia? ¿Era escribir un atajo para sobrevivir?

Cada pelotazo contra la pared le traía a la cabeza instantáneas de Buenos Aires, reuniones en Barcelona, firmas de libros en las ferias del veintitrés de abril, días de rodaje, noches en sigilo escribiendo a escondidas del sueño.

Le dolía la mano y empezó a notar una ampolla en el centro de la palma. Su raqueta era vieja, mala y estaba destensada, pese a lo que se afanó en golpear la pelota una y otra vez contra el frontis. El eco de cada rebote le sacudía el pecho como lo hacía el de las teclas en el ordenador, como el de las emociones transgresoras, como el del susto al tomar conciencia de que la supervivencia es una simple cuestión de acumulación de suerte, zafarse de los infortunios, esquivar un cáncer, un accidente de tráfico, una caída por las escaleras, un soborno, una estafa, un cataclismo, un desamor, el apocalipsis mismo.

Se detuvo. Jadeaba. Apoyó sus manos sobre las rodillas, encorvado hacia delante de manera que el sudor que se precipitaba desde la frente, saltaba por la nariz hasta el suelo. Dejó la raqueta y observó la pelota, rodando cerca de la pared lateral.

Matar a una persona es cortar el fino hilo de su supervivencia, truncar sus anhelos de perdurabilidad.

Allí en cuclillas, sobre un charco de agua, con su pantaloneta empapada a la altura del coxis y su camiseta de algodón absolutamente oscurecida por el sudor, se preguntaba si, en efecto, machacar los huesos de un ser humano sería como masticar guirlache.

Se imaginó a sí mismo sobre alguien, con el zapato apoyado en el pecho de la víctima, elevando un pico o una pala o el mango de una azada, y descargando la furia de los brazos contra la cabeza. ¿Cómo sonaría? ¿A guirlache masticado?

La sola idea de hacerlo, de machacar los huesos de una persona, de aplastar las articulaciones como una almendra confitada bajo las muelas, de sentir la cesión de la caja torácica vencida por el empuje de una barra, de notar que más allá del cuero cabelludo el cráneo se hace añicos, le produjo una arcada. Quizás la acidosis fruto del esfuerzo contribuyera a ello. A la primera le siguió una segunda y a esta, un vómito sobre el cemento. Reconoció restos de la comida e incluso del desayuno, fragmentos perfectamente identificables que le llevaron a pensar que debería masticar mejor. Le dolía la boca del estómago y tenía la garganta irritada, con un regusto a pasta ácida que se le colaba por el paladar y le ascendía hasta la nariz.

Sin embargo, lejos de amilanarse, se pasó el dorso de la mano por la boca, escupió varias veces y, abandonando la raqueta y la pelota, bajó corriendo al apartamento a redactar un párrafo que metería en su novela más adelante, quizás varias semanas o varios meses después, cuando aquella se hubiera consolidado; probablemente por Navidad.

Ni siquiera se duchó antes de sentarse al ordenador. En ocasiones, la inspiración huele mal.

Me coloqué sobre él y le miré por última vez a los ojos. Los tenía vidriosos, dilatados y estupefactos, semejantes a los del pescado sobre el hielo en el mostrador del supermercado. Sabía que en el segundo o tercer golpe, se hundirían en sus cuencas y desaparecerían en sendos charcos de sangre como dos huevos fritos reventados al untar el pan. El tipo estaba dormido, sedado por la burundanga que yo le hice inhalar, así que disponía de todo el tiempo necesario para quebrarle los huesos uno a uno, empezando por los de la cara y acabando por los metatarsos.

Fue agotador, pero del todo satisfactorio. Cada sacudida con el mango de mi pala producía un chasquido limpio, conciso, como de guirlache en la boca.

Una vez que terminé, observé mi obra y no pude disimular el placer que me producía saber que debajo de la piel de aquel maldito financiero solo existían virutas inconexas de calcio y cartílago.

7

En la playa. Veinticuatro de diciembre

El sofá puede convertirse en el buque insignia del salón si sabemos combinar diseño, ubicación y complementos. Conjugando hábilmente estos tres conceptos, es un mueble que nos ofrecerá distinción, un espacio para estar e, incluso, una declaración de intenciones. ¡Deja que él hable por ti y actúe como tu embajador!

Aquella noche, Simón la pasó en el sofá. Era inconcebible, absurdo por inusual, fuera de todo orden y toda lógica. El notable Simón Lugar jamás, en sus treinta años de carrera literaria, se había abandonado de aquella forma. Él, que se mostraba al mundo como un dechado de rectitudes morales, que era ordenado hasta la obsesión, que apenas rompía sus rutinas salvo con condescendencias tras las cuales se sumía en torbellinos de culpabilidad, que respetaba sus horas de sueño y no descuidaba la alimentación, que se mantenía al margen de los caprichos porque envenenaban el espíritu; él, que nunca usaba el sofá porque nunca veía la tele, se había dormido en él sin siquiera guardar el documento escrito por la noche.

Se despertó sofocado, nervioso, rozando el ataque de ansiedad.

¿Cómo había podido suceder? ¿Qué le estaba pasando? ¿Qué ocurría? ¿Acaso se estaba volviendo loco?

Comprobó el ordenador, en estado de hibernación, y se aseguró de que lo escrito no se había perdido. ¿En qué estaba pensando? ¿Es que era idiota?

Respiró aliviado.

Eran casi las nueve de la mañana. Se duchó y decidió ir a comprar. No le quedaba ni leche con la que desayunar.

La urbanización, concebida como una piña de seis edificios de apartamentos de cuatro plantas, distaba apenas dos kilómetros del pueblo, por lo que decidió hacerlos andando. No parecía que fuera a llover y detestaba coger el coche, un viejo BMW de los años ochenta que era la envidia de alguno de sus vecinos, pero que él conservaba porque le daba tanta pereza comprar uno nuevo como deshacerse de él.

A medio camino, pensó en las cosas que tendría

que adquirir en el supermercado, y calculó que no podría volver los dos kilómetros con la carga, así que se dio media vuelta y volvió hacia la casa con la resignación de tener que subir, coger las llaves del coche, arrancarlo y conducir.

Odiaba aquellas actividades tan prosaicas.

Una vez en el sendero con las macetas, el viento hizo que se volviera a mirar el mar, intuyendo que las olas estarían fantásticas aquella mañana. Sonrió al ver que tenía razón y que el Cantábrico se mostraba atronador, esmerilado como una fuente hecha añicos contra las rocas.

Se olvidó de la compra y bajó a la arena. No podía perderse la bravura del océano reventando sus toneladas de agua contra la tierra firme.

—Que le den por el culo a la compra.

La burundanga es, en realidad, escopolamina, un alcaloide tropánico que se encuentra en plantas de la familia de las solanáceas, como el beleño blanco. Actúa como depresor de las terminaciones nerviosas y del cerebro. Es antagonista de los estimulantes del sistema nervioso parasimpático, a nivel del sistema nervioso central y periférico, produciendo un efecto anticolinérgico que bloquea los receptores muscarínicos localizados en el sistema nervioso central, corazón, intestino y otros tejidos, específicamente los receptores tipo M1. Es así como induce la dilatación de las pupilas, la contracción de los vasos sanguíneos, la reducción de las secreciones salival y estomacal y otros fenómenos resultado de la inhibición del parasimpático.

Resumiendo, es un inhibidor de la voluntad, algo tremendamente eficaz si de lo que se trata es de anular la capacidad de decisión de alguien a quien, como era mi caso, se trataba de dominar para matar.

Cómo la conseguí es obvio.

Hay momentos en la vida en los que las casualidades nos deberían poner en alerta. ¿Por qué la joven aparecía en *su* playa por tercera mañana consecutiva? ¿Es que no entendía que era *su* playa? Era *su* playa; a lo sumo, la de los pescadores y la del atleta matutino. ¿De dónde salía aquella muchacha? ¿Qué pretendía? ¿Quién era?

En verano, aquello se atestaba de gente. Los aparcamientos se colapsaban, la megafonía no dejaba de molestar con avisos e informaciones sobre la temperatura del agua, los bañistas jaleaban, los surfistas asaltaban la esquina del rompiente y la arena se vestía de miles de porciones de color con toallas y sombrillas. En esos meses, Simón huía, como siempre desde hacía años, a una apacible comarca interior de La Provenza. Pero en invierno era *su* playa, y tres visitas a *su* playa empezaban a convertir a la joven en asidua, y eso era algo que a él le incomodaba.

O le encantaba.

—¿Hoy no tiras palos?
—¿Perdona?
—Que si hoy no tiras palos que al final no tiras.

—No. No tiro palos.

Era joven, bonita, con aspecto frágil. Se notaba que llevaba varias capas de ropa porque asomaban cuellos de distintos colores más allá de su bufanda. Sonreía. Inmediatamente, él comprendió que aquella muchacha le dejaría emocionalmente desnudo. A veces sucede. Es instintivo, primario, secular.

Hay personas con las que tendemos puentes desde el primer segundo, desde el prólogo. Son seres humanos que arrollan nuestra existencia y le dan calor. A Simón no solía sucederle, desde luego, habituado más a levantar muros que a tender alianzas.

No era antisocial ni maleducado, pero entendía su vida como propia, sin demasiada necesidad de compartimentarla ni compartirla.

—Deberías.

—¿Debería tirar palos?

—Sí —contestó ella muy segura de sí misma.

—¿Así que tú te dedicas a tirar palos al mar?

—No. Me dedico a ver a las personas que tiran palos al mar.

—Yo no siempre tiro palos al mar.

—Ya. Ya veo.

Callaron.

—Eres nueva en *mi* playa.

—No sabía que fuera tuya —provocó la joven con una nueva y luminosa sonrisa.

—No es mía. Solo la controlo —quiso bromear él.

—¿Eres un guardacostas invernal?

—¿Cómo dices?

—Nada. Digo que deberías tirar palos al mar.

Miles de preguntas se atolondraban en la cabeza de Simón, incapaz de replicar. Ella respiraba ostensiblemente y se complacía con el salitre recorriendo sus pulmones. Por fin, lo miró y se despidió con una mirada capaz de tumbar un ejército.

—¡Hasta mañana! Vendré a comprobar si tiras palos en *tu* playa.

Y salió correteando hacia el aparcamiento público, en dirección contraria a la urbanización. Simón no dijo nada. Ni pestañeó. Puede que ni siquiera respirara. El corazón, al menos, se le había detenido.

¿Qué se creía aquella insolente criatura? ¿Es que podía ir a *su* playa y decirle lo que podía y no podía hacer? ¿Qué era eso de que debería tirar palos al mar? ¡Él tiraba palos si le daba la gana y no los tiraba si no le daba la gana!

¿Y qué era eso de «hasta mañana»?

¡Pues mañana él no bajaría!

Era Simón Lugar, el escritor, el novelista, el de *Los jardines de tinta* y *Las otras voces lentas*. El *best seller*. Era el tipo del portal 6, piso último. El del BMW. El cincuentón del cabello desmadejado y el suéter de cuello vuelto.

¿Es que una niñata pretendía profanar *su* playa con consejitos adolescentes? ¿«Hasta mañana»?

Llevaba toda una vida sin compromisos, sin dietarios, sin agendas. No había otra organización del tiempo que la que se marcaba él.

Y entonces supo que se le haría muy, muy largo

hasta el día siguiente, emoción similar a la que tuvo con Rebeca, con Luz, con aquel paraíso en mitad del infierno. La misma emoción que cuando fotografió la calle de Buenos Aires con la hilera de coches. La misma que cuando alguien le retrató frente a un campo de lavanda en La Provenza, con una casa roja al fondo y su bicicleta apoyada en el pretil.

Odiaba *Arquitectura Exclusiva*. Mis artículos y reportajes me resultaban cada vez más tediosos, más frívolos y más distantes. No conseguía centrarme y temía que, en cualquier momento, la directora me llamara para decirme que no le gustaba tal o cual envío. Me sentía blindada porque la empresa que dirigía mi padre, el gran Alberto Leeman, gerente de Leeman y Asociados, cofundador del emporio Leeman, era la que más publicidad pagaba en sus páginas, pero eso no significaba que yo pudiera realizarme.

Imagino que los tentáculos de mi padre y los desembolsos que hacía para el grupo editorial propietario de *Arquitectura Exclusiva* eran su forma de atenderme, a pesar de que yo me habría conformado con una conversación amable o un gesto cálido a lo largo de mi vida. Solo uno. Con uno habría sido suficiente.

Tampoco avanzaba con mi novela. Necesitaba más. Las conversaciones con mi tío Enrique no me servían de mucho porque ni me decía cómo iba la investigación ni me aportaban nada, más allá de detalles sórdidos sobre las víctimas.

Al menos sí avanzaba en mi plan.

Simón escribía con la cabeza más deprisa que con los dedos, pese a ser un experto mecanógrafo. Era capaz de hilar la historia de Rebeca y poner en su personaje las ideas que le fluían, y, al mismo tiempo, pensar en la muchacha de *su* playa y en el estimulante descaro que había mostrado. Y en la compra que no había hecho y en el hambre que tenía. Y en que pronto declinaría el sol y habría de encender las luces. Y en la otra Rebeca, la real.

Rebeca fue la tercera novela publicada por la novelista inglesa Daphne du Maurier en 1938. Lo dramático es que la autora debió afrontar un juicio por plagio, acusada de haber copiado el argumento de Jane Eyre, algo totalmente absurdo.

Sintió la necesidad de estirar su espalda y, sin dejar de teclear, se preguntó si no debería parar un rato, extender su esterilla de yoga y entretenerse durante unos minutos a poner en su sitio las articulaciones, pero, a la vez, se decía que no, que debía continuar, que había de obligarse a avanzar... porque parar era enfrentarse a la convicción de que Rebeca, la real, no estaba. Ni Rebeca, ni Luz.

Cuando accionó el interruptor del flexo, fuera ya era de noche. Comenzó a sentir la vista cansada.

—Debería llamar a Luz y preguntar por Rebeca... —musitó.

Escribir, escribir, escribir. Escribir hasta la fatiga. Escribir a pesar de que las tripas anuncien su vacío;

a pesar de que la vejiga obligue a cruzar las piernas; a pesar de que los ojos reclamen un receso. Escribir contra el viento. Escribir más que respirar. Sentir el cuello rígido pero no dejar de escribir. Notar las rodillas entumecidas y los hombros caídos, pero escribir. Progresar frase a frase, párrafo a párrafo, desbrozar el vacío incombustible de las páginas vacías. Escribir como estrategia para generar pulso. Escribir o morir y morir por no saber no escribir.

Cualquier manual de principiante, al hablar del color nos dice que el rojo y el azul, al mezclarlos, generan el violeta. Las primeras tentativas de un artista novato de conseguir púrpura combinando óleo rojo y azul pueden crear, no obstante, un color más cercano al lodo que al magenta. De ahí que algunas puestas de sol parezcan barrizales. Los colores varían mucho en su matiz más sutil dependiendo de dónde se ubiquen en el círculo cromático. Solo el que se familiariza con este, puede conseguir magenta y no un lodazal.

Como artista, llevaba varios años exponiendo incluso en Madrid. Su taller era una vieja oficina de un periódico vespertino de los ochenta reconvertida en un estudio de pintura. Ni siquiera había quitado de en medio una herrumbrosa máquina de escribir, un puñado de lámparas fundidas y las mesas de los plumillas.

No le importaba el caos, el desorden y la suciedad, y era capaz de crear sumido en el más absoluto síndrome de Diógenes, con cartones por el suelo, tiras de trapos húmedos por las esquinas y restos de bastidores de cuando le daba por romper su obra y esparcirla por la estancia.

Las anteriores víctimas reconocieron a Rebeca. Este, que siempre había sido un inconsciente, un bohemio incluso en su época de estudiante, no. Le abrió la puerta, la invitó a pasar y, pisando lienzos y embalajes, la condujo hasta un rincón de la estancia, en la que había preparado dos sillas totalmente manchadas con goterones secos de acrílico.

Carraspeó.

No se imaginaba lo que iba a suceder en los próximos minutos.

Pensar en Rebeca y en Buenos Aires le seguía inspirando y asustando. Él sabía que escribía por ella.

Dejó el ordenador y tomó un cuaderno; uno de los muchos que apilaba en una mesita auxiliar anexa. Lo abrió y, con un lápiz negro, compuso un poema que acababa de asaltarle la cabeza. Era increíble que pudieran surgir a la vez, al mismo tiempo, sincronizados en el intangible espacio de la creatividad, párrafos sórdidos de una novela negra y poemas tan íntimos.

Lo terminó, suspiró y volvió al teclado, a la historia de Rebeca Leeman, su personaje. Una melancolía absoluta se le instaló en el pecho al comprobar que sus versos no respondían a nadie. Encumbrado como era por novelista y no por poeta, se preguntaba, sin dejar de continuar con los párrafos de la Leeman, si su vida no tendría que haber caminado hacia la poesía.

La relación con mi padre, el gran Leeman, no era ni buena ni mala. Nuestra madre murió cuando éramos unos adolescentes y él se preocupó de que no nos faltara de nada: buen colegio, buenos profesores particulares, buena academia de música, buen equipo de esquí cada invierno y buenas vacaciones cada verano. Mis dos hermanos mayores vivían fuera, uno en Londres y otro en Vancouver, ocupados con profesiones que nunca entendí pero que les llevaban a discutir airadamente cuando nos veíamos por Navidad. Mi hermana pequeña, sin embargo, iba a su aire y solamente le preocupaban sus novios y sus exnovios.

Ser una Leeman es presumir de tener determinados ascendientes ingleses, es saberse parte de una determinada historia, es conocer la genealogía. Es estar entroncada con determinados industriales e inversores que hicieron del Nervión lo que hoy es.

Ser una Leeman es cumplir determinados ritos, plazos y determinados compromisos, acudir a determinadas fiestas y a determinados eventos, participar en determinadas asociaciones y determinados actos. Ser una Leeman es eso, estar determinada.

Si no hubiera sido Rebeca Leeman, nunca habría conseguido colarme con mi tío en los turbios asuntos de un asesino en serie y jamás habría podido seguir de cerca la investigación.

—¿Y cómo siendo un Leeman acabaste de forense, tío?

—Siempre he sido la oveja negra. Quise hacer Medicina, en lugar de Empresariales o Derecho.

—¿Para convertirte en forense? Lo tuyo habría sido

dirigir el Hospital de Basurto o montar una clínica privada. Los Leeman estamos predeterminados.

—Ya te aseguro, Rebequita, que por eso soy la oveja
negra.

—Como yo.

—Pues sí, más o menos.

Mi tío Enrique era adorable, y ejercía sobre mí una in-
fluencia y una autoridad moral que lo convertían en mi
mentor. Una palabra suya bastaba para que yo enferma-
ra, sanara, me entusiasmara o reflexionara.

Se hallaba bloqueado. Leyó una y otra vez lo que
estaba escribiendo y no le gustaba. Pensaba que era
bueno, que estaba bien, que a Úrsula y a la editorial les
gustaría y que sus lectores y lectoras lo recibirían con
agrado, pero a él no le llenaba, no le satisfacía. Rebeca
se merecía otra cosa. Quizás fuera por empecinarse en
seguir usando su nombre. ¿Y si lo cambiaba? Sería tan
fácil como usar el buscador de Word, elegir otro y
sustituir.

O quizás fuera por la muchacha de la playa. ¿Era
lógico que le apeteciera bajar a la playa a la mañana siguiente para encontrársela? ¿Iba a condicionarle sus
hábitos aquella joven misteriosa y excitante? ¿Él? ¿Simón Lugar? ¿Iba a forzarse a acudir a una cita estúpida con una joven desconocida? ¡A buenas horas!

O quizás fuera hambre. Pensó que debía retomar la
idea de acudir al pueblo y comprar, así que cogió las
llaves del BMW y en menos de quince minutos estaba
en el supermercado delante del mostrador de congela-

dos. Aquel universo se le caía encima. Necesitaba volver a casa cuanto antes y escribir, escribir, escribir redimiendo a Rebeca, culpándose a él y condenando a quienes le irían a leer.

Leche

Zumos

Pan de molde

Galletas, cereales

Chocolate

Margarina

Yogures

Sopas, cremas

Verdura

Fruta

Salchichas

Pechugas pavo

Huevos

Queso

Latas atún, etc.

Folios

Mientras esperaba impaciente a que un chico le cobrara, descubrió que en la cabecera de la zona de la caja había un expositor con libros. Resultaba gratificante y perturbador, a partes iguales, que las novelas se vendieran en cualquier sitio: librerías, por supuesto, pero también en supermercados, revisterías y quioscos, tiendas de golosinas, fotocopisterías, gasolineras...

Allí estaba su último título comercializado, *Las*

otras voces lentas, reclamándole descarado y arrogante desde una portada llamativa. En ella, una mujer lucía una camiseta ceñida a los pies de una cama, con la mirada ausente y una ventana entreabierta a su espalda. El título y su nombre destacaban sobre el blanco de las sábanas de manera que uno y otro se confundían sin saber qué era más relevante en el volumen, si cómo se llamaba el libro o quién lo había escrito.

Lo tomó y leyó la sinopsis, tantas veces revisada que hasta se la sabía de memoria:

A veces, nuestros demonios del pasado reaparecen con el único pretexto de devolvernos a la vida. En esta novela, Simón Lugar nos conduce al siniestro mundo de la miseria, en una historia apasionante, cruda y convulsa en la que el lector viajará a las cloacas de Barcelona y a los mercados de Buenos Aires, a la vez que se impregna de la bajeza de la condición humana.

Devolvió el volumen a su estante. Pensó que aquella novela le había marcado demasiado como para considerarla una más en su carrera. Por una parte, había abordado un tema especialmente sangrante para él, el de quienes se ven empujados a la pobreza por las decisiones de la macroeconomía. Por otra, se había atrevido a publicar algo de más de mil páginas. Además, se estaba vendiendo fenomenalmente y solo con los adelantos cobrados podría plantearse vivir unos cuantos años. ¿Por qué entonces obsesionarse con Rebeca?

Maldijo su suerte al saberse cautivo, al tomar conciencia de que su éxito como escritor era el lastre con el que tendría que cargar. A más ventas, más presión. A más ediciones, más urgencia por una nueva novela. A mejores condiciones económicas, más asfixia por parte de la editorial.

—Disculpe. ¿Podría firmarnos este ejemplar?

Una madre con una hija adolescente le requerían en la cola de la caja. Él vaciaba su compra en la cinta, mientras el chico iba pasando los productos uno a uno por el lector del código de barras.

—¿Perdón?

—¡Uy, qué vergüenza! Verá... Es que le hemos visto y... He devorado muchos libros suyos —siguió la mujer—. Este último aún no lo tengo. Seguro que piensa que qué tonta, porque ya sé que salió hace más de un año. No hago más que oír hablar de él. Me han dicho que es el mejor, así que no me lo he pensado y me lo llevo ya... y además, firmado. ¿Podría firmármelo? Me han dicho que es muy duro... ¡Gente pobre en un mundo desarrollado! En fin, pero si es suyo, será bueno. ¿Me lo firma?

—Por supuesto.

Hay algo que un escritor no puede evitar: la vanidad del momento de estampar su rúbrica en la primera página de una novela.

La mujer enrojeció repentinamente. Su hija evidenció la incomodidad y lanzó una mirada de reproche a su madre. Incluso el chico de la caja se detuvo en su tarea.

—Yo... —siguió la azorada lectora llevando la vista

desde la fotografía de la solapa del libro hasta el rostro de Simón—, en fin. ¡Se lo agradezco mucho!

—Ya está.

Sin mirar a la mujer, le tendió la novela y se dio la vuelta, apremiando al cajero para que continuara. No soportaba aquel tipo de intromisiones en su vida privada. ¡Aquello no era una firma oficial de libros! ¡Aquello era la cinta continua de una caja de supermercado! Le gustaba el reconocimiento pero le incordiaba la invasión; le llenaba el ego, pero le minaba la sensación de libertad; le modelaba la autoestima, pero le generaba el vértigo de la popularidad.

Necesitaba huir de allí, regresar al anonimato de su teclado, al silencio de su apartamento, y seguir matando gente.

—Nuestro asesino se está pasando de castaño oscuro.

—¿Por qué dices asesino, tío? ¿Crees que es un hombre?

—Tuvo fuerza como para asfixiar a la periodista. No era una mujer ni menuda ni ligera, y quien la mató, pudo dominarla. No cabe duda de que fue un hombre... o una mujer muy fuerte. Y no te olvides de la crucificada en el chiringuito. Aquello no lo pudo hacer alguien sin fuerza.

—¿Y por qué dices que se está pasando?

—Por el último muerto. Un pintor. Lo examinaré mañana, pero todo apunta a que acabaron con él de una forma espantosa: estaba atado en posición fetal. Le llenaron el estómago con sus propios óleos. Murió ahogado antes que intoxicado.

El ayudante de mi tío tragó saliva al oírle, me miró y sonrió estúpidamente.

A la mañana siguiente volvió a encontrarse con la joven. Fue algo premeditado. Había pasado la noche inquieto, sin conseguir conciliar el sueño, pensando si la muerte del pintor debía ocupar tantas páginas como le había dedicado, recreándose en los efectos del óleo en su organismo, o si bastaba con citarlo de soslayo.

Una vez más, el insomnio había tenido rostro de duda. Aquella que le hacía confeccionar buenas novelas, pero la misma que a veces le hacía tropezarse una y otra vez en la misma piedra: la inseguridad.

Una cosa era contar historias y otra cómo contarlas.

—¿Hoy vas a tirar palos?

—No, pero lo haría a gusto.

—¿Por qué?

—Tirar palos al mar me desahoga.

—Tienes mala cara.

—He dormido mal.

—¿La conciencia?

No se miraban. Ella había llegado hasta él caminando desde el otro extremo, como si hubieran quedado. Al encontrarse, se plantó a su lado y ambos dirigieron la mirada a las olas. Hablaban en voz alta, por encima del sonido del agua estallando contra el rompiente de arena.

—La conciencia, no. Pensaba.

—¿En mí?

Simón sonrió, respingó, giró el rostro y la observó.

Llevaba la misma ropa, con las mismas capas super-
puestas, y probablemente el mismo pantalón, aunque
no lo habría asegurado.

—Soy escritor. Tengo una novela a medias. Le doy
muchas vueltas.

—¿Vives aquí?

—Sí. En uno de aquellos apartamentos. En realidad es una casa de veraneo que ocupo en invierno. En
verano no aguanto esto cuando se llena de gente y me
voy de aquí. Viajo. Me gusta ir a Provence —pronunció en francés.

—¿Provence? —repitió la joven intentando imitar
el empalagoso tono galo.

—La Provenza. En Francia, al sur.

—Sé lo que es Provence. El país de la flor de lavanda. Nunca he estado allí.

—Es un lugar hermoso. Allí siempre encuentro a
mis musas.

—¿Musas? ¿Eres de los escritores que necesitan
musas?

—Todos los creadores las necesitamos.

—Tenía entendido que las musas siempre os debían pillar trabajando. Lo dijo Picasso.

—No se sabe muy bien quién lo dijo. Se le atribuye
a Picasso, pero también a otros. Él hablaba de la inspiración.

—¿Y no es lo mismo inspiración que musa?

—Francamente, no lo sé. Soy un escritor bloqueado.

—Es decir... que necesitas una musa.

—Tal vez la encuentre en Provence.

—¿Siempre la buscas en La Provenza?

Simón miró a la joven. Sonrió.

—Una vez la busqué en Buenos Aires. Hace tres años, para acabar mi novela anterior.

—¿Y qué sucedió? ¿La musa te esquivó?

—No. Encontré otras cosas.

—¿Está el agua fría?

—¿En Provence o en Buenos Aires?

—No, aquí y ahora.

—Claro.

Al hombre le extrañaba que ella no hubiera exclamado nada al decirle que era escritor. Normalmente, la gente reaccionaba con curiosidad y largos rosarios de preguntas cuando decía que se dedicaba a hacer novelas. Sin embargo, la joven obviaba su oficio, su bloqueo, sus viajes a Francia o Argentina y se preocupaba de la temperatura del mar.

—A ver. ¡Comprobémoslo! —dijo con entusiasmo. Y se quitó las botas y los calcetines y avanzó media docena de pasos hasta donde el agua dejaba su espumosa lengua.

—¡Ten cuidado! —gritó Simón.

—¡Ven!

Estaba loca. No cabía duda. No era una *homeless* pero tenía un poco el aspecto de *activista alternativa*. Quizás viviera en una furgoneta en el aparcamiento público. No ofrecía mal aspecto ni parecía sucia, pero era evidente que actuaba de forma extraña.

Y además, aquella era *su* playa, y en *su* playa, el excéntrico, el escritor, el intelectual, era él. El que se estiraba frente al horizonte, el que arrojaba palos, el que recogía porciones de madera traídos por la marea.

Con frecuencia, la extravagancia va unida a la creatividad. No cualquiera puede permitírselo, pero saberse al margen de modas o mercados y vivir una existencia basada en la extravagancia es, en estos tiempos, extravagante *per se*. La extravagancia embelesa. La extravagancia sublima cualquier cosa creada, incluso cualquier idea. Ser extravagante es un estado de ánimo, una actitud, no una estética. Y Simón, con su estética gris, su aspecto gris y su ecosistema gris, comprendía que nunca sería un extravagante; a lo sumo, excéntrico. Sí, excéntrico, sí. Todo lo excéntrico que se puede llegar a ser tirando palos al agua y ordenando la casa hasta la histeria. Extravagante era ella, la loca aquella.

—¡Sal de ahí! ¡El agua está helada!

La joven corrió de vuelta, dando pequeños pasitos en el sitio para hacer que sus pies, que se habían vuelto azules, recobraran la circulación sanguínea.

—Estás loca.

—Mira, un palo. ¡Tíralo lejos!

Ella se lo tendió y él se rindió a la evidencia de que se lo iba a aceptar e iba a arrojarlo al mar. Sin embargo, algo sucedió al agarrarlo. Un rompimiento de gloria al más puro estilo de El Greco. Sin querer, rozó la mano de la muchacha. Hay instantes mágicos que no por mágicos han de durar más allá de un pestañeo. Fue una milésima de segundo, tiempo suficiente como para rozar los dedos y descubrir la piel de la joven, una piel que nada tenía que ver con la imagen que se había hecho de ella. Era una piel fría pero agradable, desconocida pero confortable, tímida pero elocuente. Era una piel de tarde de sofá, de pan amable, de bosque. Era una piel cósmica.

Hacía siglos que Simón no tocaba la piel de una mujer.

Se miraron.

Luego, él agarró el trozo de madera y lo disparó todo lo lejos que pudo.

—¡Bieeeeeen! —exclamó ella.

Orgulloso, Simón sonrió y le apremió a calzarse. La joven obedeció y le dijo que después de tan formidable lanzamiento, seguro que escribiría bien y dormiría mejor.

—Hasta mañana —se despidió adolescentemente él.

—Mañana no vendré. Mañana es Navidad. ¿No te acuerdas de que hoy es Nochebuena?

El invierno llegó con adornos navideños, anuncios navideños y decoraciones navideñas. Odiaba el número navideño de *Arquitectura Exclusiva* porque, además de que tenía que escribirlo en octubre para que saliera a lo largo de la primera semana de diciembre, me hacía concurrir en los tópicos más asquerosos sobre la ornamentación basada en renos, estrellas y abetos, con clásicos como la mesa perfecta o los calcetines para la chimenea. No olvidemos que yo escribía prácticamente todos los reportajes de la revista, las críticas culinarias, las sinopsis de los libros y las entrevistas a los orgullosos propietarios que mostraban sus casas. A mi compañera le caían las secciones de diseñadores, museos y novedades, pero el grueso me lo llevaba yo, que para algo era Súper Rebeca.

Súper Rebeca, licenciada en arquitectura aunque nunca arquitecta. Guapa oficial aunque nunca emparejada. *Alma máter* de una revista aunque nunca jefa. Diseñadora aunque nunca contratada para diseñar.

8

Lisboa. Un año antes de conocer a Eme

Lisboa te abre sus puertas y se entrega a ti como la amiga fiel que puede acompañarte en todas tus compras. Piérdete por sus calles, sedúcete en el Barrio Alto, entra en sus tiendas, viaja en el tranvía y regresa a tu casa con un estilo renovado, poético, romántico y atrevido.

A Simón le encantaba Lisboa desde que acudía a ella en su juventud. Allí escribió su mejor poemario y allí se emborrachó realmente por primera vez.

Un año antes de conocer a Eme, sentado en una terraza delante del Tajo, viendo a los niños saltando al río y tirando monedas que intentaban alcanzar en su vuelo, compuso algunos versos buenos, quizás invadido por la melancolía o quizás ebrio de ginebra. Anhelaba Buenos Aires y se preguntaba si no debería haberse quedado en Argentina.

Ya por entonces echaba de menos a Luz y a Rebeca.

Ocupaba una habitación confortable cerca de la plaza de Pombal, en un hotel demasiado lujoso para un poeta y demasiado rancio para el gusto de Úrsula, quien le había obligado a tomarse unos días de vacaciones como descanso por los dos arduos meses de presentaciones que había tenido con *Las otras voces lentas*.

Bebía, leía y llenaba cuadernos con notas y estrofas.

Una tarde entró por casualidad en una galería en la que un pintor algo mayor que él, gordo, desaliñado y extravagante, presentaba una exposición enfundado en una túnica. Simón reparó en sus zapatos caros, en su llamativo reloj y en una pulsera de oro en la que lucía el nombre. Inmediatamente sintió ganas de girar sobre sus talones y volverse a la calle, pero un impulso extraño e irracional le llevó a querer saber algo más de aquellos gigantescos lienzos que lucían desafiantes con motivos enmarañados y colores con textura.

Quizás fue el ambiente lisboeta o que acababa de escribir unos versos en un papelillo o que se había bebido ya dos copas. Lo cierto es que se quedó.

Allí habían acudido artistas, políticos y vividores y resultó ser un evento de lo más entretenido, con dos hermosas arpistas amenizando la galería y abundantes canapés servidos por camareros negros con pajarita.

Alguien reconoció a Simón Lugar y se empeñó en presentarlo al anfitrión, quien confesó no conocer la obra del escritor pero prometió que, si le regalaba un ejemplar, le leería. Quedaron para el día siguiente en su estudio y Simón, inconcebiblemente, acudió con *Las otras voces lentas* bajo el brazo. Quería conocer de cerca a un pintor para meter algún capítulo en su novela en ciernes, y pensó que aquel tipo le sería de ayuda para ambientarse, ocultándole, por supuesto, que su personaje acabaría asesinado en sus propios óleos.

Agotaron dos botellas de ginebra, hablaron de Europa y de arte, de la crisis y de Murakami, de Saramago y del hispanismo, de colores y de poemas.

Sentados en sendos sofás chéster totalmente desconchados, los dos hombres se reían y enfadaban cada diez segundos, transportados al plano del delirio que surge solo a partir de la emoción, el alcohol o la creación.

Simón, borracho, acabó confesando que él, en realidad, era un puro fraude, que se sentía una mierda de novelista, que lo que le habría gustado era haber triunfado como poeta y que sus libros se vendían como rosquillas porque el público no era tan exigente como el creador.

—Escribo para mí, pero me debo a los míos. Es una auténtica putada. Un fastidio.

—Un fastidio. Ja, ja, ja.

—No te rías. Escribir es un acto perverso.

Estaban ebrios. Las palabras se tropezaban en la punta de la lengua, salían despedidas como buñuelos de estopa y quedaban prendidas del aire, en el que olía a pintura, alcohol y resignación.

—Continúa.

—Escribir nos expone. En el fondo, todo artista es un tanto exhibicionista. Por eso yo preferiría ser poeta, esconderme tras mis versos y olvidarme de las listas de ventas.

El pintor reía a carcajadas y ofrecía más alcohol.

—¿Y cómo se llama tu musa, cretino escritor farsante? —irrumpió, derramando parte del contenido de su copa sobre sus propios pantalones.

—No necesito musas.

—¡El sexo es el olimpo de la creatividad! ¡Cre-a-ti-vi-dad! Sin sexo no hay musa. Tienes que tirarte a una hembra para poder crear, hazme caso.

—Yo no...

—¡Y ahora, bebamos! ¡Bebamos por las musas, las jodidas musas hijas de puta sin las que no podemos crear!

—¿Más alcohol?

—Como novelista eres una mierda y como poeta eres un flojo. No hay poesía sin embriaguez. ¡Embriágate de ginebra, de vida, de entusiasmo, de mujeres!

—¿De mujeres?

—La poesía está, sobre todo, en el vientre plano de una mujer, amigo Simón. Mírame a mí... Soy la reencarnación del *David* de Donatello, pero sin ser maricón.

—Estás desbarrando. La poesía es espíritu. No tienes ni idea.

—Es probable, sí. Pero también sexo.

—No. No te confundas —Simón balbuceaba. Estaba completamente bebido—. El sexo y la creatividad no están en el mismo plano. No quiero ser grosero, pero...

—¡Novelista farsante! —se carcajeaba el pintor—. Tus novelas son una puta mierda y yo mira lo que voy a hacer con la tuya...

Entonces cogió *Las otras voces lentas*, la arrojó al suelo, sobre unas telas embadurnadas de pinturas inconexas, y levantándose la túnica, sacó su lacio miembro y orinó encima.

Simón, observando la estancia dar vueltas alrededor del hombre, se levantó y se dirigió a la puerta.

—Me voy.

No estaba enfadado ni ofendido. Probablemente él debería haber hecho eso públicamente el día del lanzamiento de su novela. Simplemente estaba dominado por la ginebra.

—Adiós, Simón Lugar. Ha sido un placer conocerte. Aquí tienes un amigo para siempre —tartamudeó con babas en las comisuras de los labios, aún con su miembro al aire.

Entonces, acercándose a él, le besó en ambas mejillas y luego, sin que le diera tiempo a reaccionar, agarró la cara de Simón y le estampó un beso en la boca.

—Y este para tu musa, si la encuentras...

Una hora después, Simón, descamisado, sudoroso y mareado, redactaba en su habitación del hotel un párrafo que sabía que tarde o temprano metería en su siguiente novela.

No me resultó difícil entrar en su estudio. Bastó con decirle que quería entrevistarlo. A Rebeca Leeman se le resisten pocos hombres.

Nada más abrirme, me puse los guantes de látex ante su sorpresa y extraje de mi bolso el pañuelo con burundanga, tal y como había hecho con mis otras víctimas.

El resto fue igual de sencillo: lo desnudé y lo coloqué en el suelo en posición fetal. Luego, metí una larga goma de lavativa por su boca y otra por su ano, y con ayuda de sendos embudos, fui rellenándole el cuerpo con sus propios óleos.

Al principio seguí un criterio cromático, avanzando de los colores fríos a los cálidos, pero luego eché mano de todos los botes, tarros y restos que encontré por la habitación sin orden alguno, de manera que en menos de veinte minutos, el cabrón estaba plácidamente colmado por su pintura.

Cuando acabó, abrió el minibar de la habitación, arrojó por el desagüe la ginebra que quedaba y se juró antes de ir a vomitar al váter que jamás volvería a beberla.

9

*En la playa. ¿Nunca terminan
las horribles fechas navideñas?*

Llena tu vida de detalles con estilo. Conviértete en
tu propia decoradora y aborda la entrada del año con
colores renovados, objetos especiales y cuadros que
cambien tu paisaje cotidiano. Busca lo significativo y
embriágate de lo que tú misma creas. Tu casa es tu
tesoro.

A Simón la Navidad le sorprendería sin cambiar el
paisaje cotidiano. Algo le estaba sucediendo. Su novela avanzaba a largos pasos pero sin lograr que le en-
candilara; se trataba exclusivamente de acumulación
de páginas. Además, la cena de Nochebuena, él solo
delante de su mesa, sin canciones ni brindis ni regalos,
sin conversaciones ni proyectos, le había sumido en
una absoluta melancolía. Ni siquiera había sido lo su-

ficientemente previsor como para haber comprado un menú especial, y se tuvo que contentar con una crema de calabaza y carne descongelada.

Podía haber ido a cenar a algún sitio, pero eso le habría obligado a arreglarse, a afeitarse, a buscar algo de ropa con que aderezar su desgana. También, a telefonear para hacer una reserva, a coger el coche, a buscar sitio para aparcar... y, en definitiva, habría tenido que cenar solo de igual manera.

Su hermano le mandó un mensaje desde Toronto. Llamarle habría sido excesivo. Si llevaban casi seis meses sin hablar, mantener una charla telefónica solo porque era Navidad no tenía ningún sentido. Le contó en apenas ciento veinte caracteres que estaba bien, que sus tres sobrinas crecían sin mayores problemas y que Lorraine, su cuñada, seguía atenta, guapa y con aquel gracioso acento como de gangosa cuando se empeñaba en usar el español. Simón, después de contestar, se quedó unos minutos viendo la fotografía en la que dos jóvenes, su hermano y él mismo, posaban con el torso desnudo en un frontón.

No se le ocurrió mejor cosa que hacer durante toda la velada que escribir. Se resistía a encender la televisión y detestaba la idea de emprender una lectura en Nochebuena. Además, apenas leía en las últimas semanas, salvo los libros de medicina y farmacología que andaba utilizando en el proceso de documentación de su novela.

Escribir no entiende de efemérides.

Al filo de la medianoche, tomó un respiro. Pensó

que era hora de acostarse porque, de aquella forma, podría madrugar al día siguiente, por muy veinticinco de diciembre que fuera. Sin embargo, se entretuvo en examinar su piso, se congratuló por lo ordenado que lo mantenía, se aseguró de que los pestillos de la puerta estaban cerrados y se acomodó en la mecedora frente al ventanal a ver la espesa negrura del exterior.

Recordó las navidades en casa de su madre, cuando venían a pasar las fiestas las dos tías, señoras antiguas y agoreras que siempre aseguraban que aquellas serían las últimas en las que estarían todos, porque la vida era un suspiro y porque en cualquier momento podía devenir en desgracia. Y si no, que pensaran todos en el padre de Simón, muerto tan joven dejando dos hijos en orfandad.

Cuando desaparecieron las tías y su hermano se fue a estudiar a Madrid, las cenas navideñas eran más tristes aún porque al menos con las tías había tema de conversación, aunque siempre fuera hablar sobre la desgraciada infancia de los dos huerfanitos de padre y sobre la fragilidad de la existencia humana.

Luego, solo se hablaba de mamá, de que estaba perdiendo la cabeza, de que habría que meterla en una residencia, de que un arquitecto que vivía en Canadá y un escritor que vivía en la playa no eran fundamento para cuidarla...

La Navidad del año dos mil fue la última que pasaron juntos. Ella murió en noviembre y su hermano fue tajante al explicar que no tenía mucho sentido venirse desde el otro lado del océano para fingir proximidad en un convite forzado.

De las sobrinas fue sabiendo por postales primero y correos electrónicos después.

Encendió el *router* y pensó que sería buena idea prolongar la noche navideña consultando su buzón de mensajes y su página de Facebook. Esta la mantenía una *community manager* a sueldo de la editorial, y colgaba reflexiones, eventos y convocatorias a firmas de libros sin que el propio Simón estuviera al tanto. Ella contestaba las cartas de las lectoras, atendía a los *seguidores* y administraba los datos personales que aparecían. Simón no tenía ni idea de cómo gestionar aquello, pero le aseguraban que era necesario y se dejaba hacer.

Tenía más de dos mil ME GUSTA en distintos *posts* supuestamente suyos, citas prenavideñas y deseos maravillosos que la gente creía que eran de su autoría, así como media docena de fotos que le hicieron en un reportaje por el mes de octubre y que la *community* administraba con cuentagotas para mantener el interés de la parroquia.

También había mensajes, todos de felicitación, llegados desde variopintos lugares y redactados por personas que él no conocía.

Aquello le supuso cierto vértigo. En el fondo, lo único que le apetecía en aquel instante era saber qué estaría haciendo la muchacha de la playa. Se imaginó un chat con ella, y se preguntó cómo se desarrollaría, de qué hablarían.

Minimizó Facebook y abrió su novela.

Cerca de las dos de la mañana, guardó el documento, lo copió en el *pendrive*, lo subió a Dropbox y se acostó. Antes de apagar la luz, se levantó y comprobó si el lápiz estaba con los lápices y el bolígrafo de gel con los bolígrafos; no había usado la goma.

Se sentía incapaz de dormir.

Escribir es un proceso mucho más complejo que el de teclear. Si consistiera exclusivamente en teclear, cualquier escritor medianamente organizado y con algo de disciplina haría una novela de alrededor de trescientas páginas en un plazo de tiempo de entre diez y quince días. Sin embargo, nadie lo concibe así.

Borrar, corregir, releer, documentarse, pensar... todo eso también es escribir. Sobre todo, pensar. Pensar en la historia que se quiere contar, pero, al unísono, pensar cómo se quiere contar.

Transitar las trincheras, tomar decisiones. ¿Primera persona o narrador omnisciente? Si se cuenta en primera persona, la historia es más directa, más comprometida. Pero, a la vez, se pierde la magia del narrador que todo lo conoce, hasta los recovecos neuronales de sus personajes. Es fascinante meterse en la cabeza de un ser humano, aunque no sea real.

¿Y qué decir del tiempo verbal? ¿Verbos en presente o en pasado? El calendario es la alfombra de la narrativa. Simón rehacía una y otra vez sus ejes cronológicos, revisaba sus notas, apuntaba recordatorios. Un desliz en las fechas, un cambio en un verbo haría que el andamiaje se tambaleara.

¿Capítulos largos o cortos? ¿Se lo decimos todo a quien lee o le ocultamos detalles? ¿Hacemos saltos en el tiempo o lo hilamos todo sin fisuras? ¿Usamos títulos o solo numeración? ¿Con qué tipografía se maquetará?

Escribir es decidir a cada paso. Es desplegar constantemente el mapa de la novela. La historia es secundaria. Lo que cuenta es cómo hacemos esa historia.

Pensar en los personajes hasta el punto de que duelan. Si un personaje no duele, no existe. Los personajes son mucho más que un nombre; son el sustento de una acción y, por lo tanto, han de ser coherentes.

¿Una historia verosímil? ¿Metáforas? ¿Concesiones?

Y prever, aunque sea difícil, las implicaciones emocionales de la novela que se va a acometer. ¿Soy capaz como autor de enredarme durante meses en una aventura melancólica? ¿O en el tedio? ¿O en la muerte?

Simón pensó en la muerte. Tumbado bajo el edredón, con las manos entrelazadas bajo la nuca y la respiración acompasada, permitió que la muerte, en todos sus resquicios, le viniera a visitar aquella madrugada del veinticinco de diciembre, casi como si el mismísimo Charles Dickens fuera quien padeciera de insomnio en un apartamento junto a la playa.

La muerte de su padre, desaparecido entre llantos de señoras mayores por algo relacionado con los pulmones, quizás tuberculosis. La muerte de su madre, feliz y ausente después de vagar apenas dos años en el Alzheimer, víctima de una neumonía mal tratada en la residencia. La muerte de las tías, como una liberación. La de algún vecino, hacía ya mucho...

Y al pensar en la muerte, pensó en las pocas personas que se le habían muerto porque había pocas personas en su vida. Concluyó que aquello no dejaba de ser una paradoja.

Y en las muertes de sus personajes, que, por personajes, le dolían más que muchos seres reales. ¿Le perdonarían la periodista o el sexador de pollos o la camarera haberlos creado para ser asesinados? ¿Había un paraíso para los personajes de novela muertos? ¿Le guardaría rencor el pintor, con el estómago rebosante de óleo? ¿Tendría que rendir cuentas en algún Juicio Final para escritores por los fallecidos de su carrera?

A las cuatro, el sueño pesaba sobre sus párpados y balbuceó el nombre de Rebeca. La veía ahí, a los pies de su cama, junto a una Luz segura de sí misma, empuñando con una mano un martillo de clavar y con la otra uno de sus lápices negros. Susurraba. El rostro, macilento, era apenas dos enormes ojos negros, profundos, transparentes, a través de los que se veía la pared de la habitación.

Pero no era ella, no era Rebeca, sino la joven de la

playa, hermosa, apacible, tranquilizadora. Era ella y no otra quien le sonreía y arrojaba ambos objetos al mar, el martillo y el lápiz, convertidos en libretas, igual que había hecho él con el trozo de madera.

No era un sueño. Era real, tangible, perfecto. Simón sintió cierta excitación, quizás sexual o quizás febril. Tendió la mano para tocarla, anhelante del tacto sedoso que había experimentado cuando le dio la madera, y, como una cristalera apedreada, la oscuridad le devolvió a la conciencia. Sudaba. Temió haberse enfriado, estar enfermando.

Por la mañana, bajó a la arena con una mezcla de euforia, sueño y malestar. El frío le hizo tiritar. No había nadie: ni pescadores, ni el atleta, ni la muchacha... Era el veinticinco de diciembre y parecía el único habitante sobre la Tierra. Se volvió a casa y se acostó. Melancolía.

La melancolía va unida al ejercicio de escribir, tal vez porque escribir es vaciarse, derribarse por dentro. Hay quienes piensan que escribir es simplemente tener una idea y ponerla en palabras, pero cualquiera que ha intentado adentrarse en la composición de una novela ha podido descifrar los principios de la autoría: desprendimiento, exploración y melancolía.

Simón comenzó a escribir de niño. Había llegado a escritor casi por azar, o por no saber hacer otra cosa o porque en el colegio nunca le elegían para los equipos de fútbol. Pronto descubrieron en él un talento innato para inventar cuentos e historias y aunque ni su madre ni su hermano mayor entendieron nunca su afición por las letras porque la consideraban una pérdida de tiempo, lo cierto es que pudo desarrollar su afición hasta el punto de ganar media docena de certámenes juveniles.

Ser escritor nunca entró en sus planes ni lo consideraba una profesión, sino más bien un oficio, pese a lo que, desde hacía años, mantenía una rutina de trabajo que le llevaba a tejer novelas con maestría y a saber dar en el clavo de lo que editoriales, crítica y público esperaban.

Recibió algunos premios y un buen puñado de reconocimientos antes incluso de confeccionar su primer gran éxito de ventas, aquel que le permitió dedicarse por completo a las letras. Después, llegarían su agente, su responsable de comunicación y Rebeca.

Cuando abandonó su puesto en la universidad para vivir de escribir, su madre estuvo durante un par de años casi sin hablarle, salvo cuando le comparaba con su hermano, ya arquitecto y ya ejerciendo de profesor en Canadá.

Fue con *Los jardines de tinta* con el título con el que pudo lograr ingresos suficientes para hacer de los libros su empleo, después de que la agencia de Úrsula Fibonna consiguiera la traducción a varias lenguas europeas y una *tournée* de promoción por varias capitales. Unos años después, tras *La reja incierta* y *Los hombres de Belladona*, llegó *Las otras voces lentas*, su mayor éxito, llevado a la gran pantalla con dos Goyas y a la pequeña con una serie televisiva de cuatro capítulos.

Pero la melancolía no se disipaba de su existencia. Muy al contrario, Simón, como todo escritor, camuflaba sus tristuras con éxitos y entrevistas.

No se zafaba de la melancolía... ni del desprendimiento, porque escribir es desprenderse de cachitos de la intimidad, porciones de la certidumbre que sustenta a quien escribe, puestas en solfa con cada exploración, con cada aprendizaje.

«No sé no escribir», había dicho en cierta ocasión a una periodista.

«No sé no escribir», le dijo a su hermano, en la última Navidad que pasaron juntos.

«No sé no escribir», se excusó ante Luz, el día que se despedía de ella y de Rebeca.

Mi tío Enrique fue tan directo que casi logra asustarme. No hizo falta que me diera muchas explicaciones. Inmediatamente comprendí.

—He accedido a las conclusiones de la investigación de Larraskitu. El nexo de unión de los muertos es su edad. A partir de ahí, está tirando del hilo. Yo creo que pronto dará con una pista. Ha pedido refuerzos a Vitoria. Tiene a siete tíos pensando.

—¿Indicios?

—Los escenarios de cada crimen están absolutamente inmaculados, como si después de perpetrar los asesinatos, una brigada de desinfección hubiera pasado por ellos y hubiera eliminado hasta la última mota de polvo. Pero tarde o temprano aparecerá un pelo, un trozo de uña, una pisada. Larraskitu es bueno en su trabajo.

—¿Y lo de la edad?

—Lo de la edad tiene que ser más sencillo de lo que parece. Larraskitu entenderá que responde a un motivo nada esotérico.

—Tú cuéntame lo que sepas.

—Sabes que lo hago aunque arriesgue el puesto con ello. No voy a abandonar a mi sobrinita.

Rebecca es el nombre que recibe una apacible ciudad en el condado de Turner, en el estado de Georgia, en los Estados Unidos de América. Para GPS, sus coordenadas son: 31°48'23"N, 83°29'16"O.

10

Ceremonia de entrega de los Goya.
Eme aún no ha entrado en escena

La vanidad no es pecado, es supervivencia cuando
el mundo está regido por mediocres.

Lo de la alfombra fue fácilmente eludible. Más
bien, no tuvieron más remedio. Y aunque dieron la
posibilidad a Úrsula Fibonna de pasar por el *photocall*
del brazo de Simón, ninguno de los dos lo hizo, convencidos de que nadie atendería después aquellas imá-
genes. El mundo giraba en torno a José Coronado en
el instante en el que ellos habrían podido ponerse delante de las cámaras, y ni a Simón le apetecía ser diana
de nadie ni a Úrsula ser telonera de Coronado.
Les reservaron dos butacas en la fila diecinueve, en
un extremo de la comitiva ocupada por el equipo de
rodaje de *Las otras voces lentas*, lejos del director, del

guionista y de los actores, en el vértice en el que se sientan los productores, esos anodinos e imprescindibles mercenarios del celuloide. Simón se encontraba evidentemente incómodo dentro de su esmoquin; no así Úrsula, radiante más allá de un palabra de honor exagerado y poco discreto al que intentaba contener con un echarpe de blonda.

La ceremonia comenzó como se esperaba, avanzó como se esperaba y aburrió como se esperaba. Simón no sabía qué hacer con las piernas. Tenía hambre, sed y tedio. Le daba igual si concedían premios a su película porque no la consideraba suya; habían cambiado la historia, la apariencia de los personajes y la ubicación de un par de pasajes. Le daba igual que fueran a hacer una serie para televisión y que las críticas de las revistas de cine pusieran muy bien el largometraje. Él solo quería salir de allí.

Úrsula disfrutaba de la tensión previa a cada apertura de sobre y, de cuando en cuando, agarraba la mano de Simón y le sonreía nerviosa, convencida de que por cada Goya, aumentaría la reputación de su agencia.

Llegó el primer desengaño cuando no se llevaron nada en el apartado de mejor actor, a pesar de estar nominados. Otro, cuando el primer Goya fue por el vestuario, siempre considerado un Goya menor.

Simón se retorció en su butaca y descubrió, después de casi una hora de ceremonia, que tenía junto a sí a una mujer. La observó de arriba abajo. Iba de negro, elegante aunque discreta, con una pulsera de aspecto mexicano y un recogido en el pelo que dejaba su nuca al descubierto. Mucho tiempo después, cuando conoció a Eme en la playa, pensó que ambas se parecían.

Tenía la cabeza pequeña, armónica, los ojos vivos, los labios jugosos y una edad indeterminada. Se sonrieron.

—Usted es Simón Lugar. ¿Verdad? —susurró ella.

—Sí —respondió él en otro susurro.

—No he leído nada suyo, pero sé que *Las otras voces lentas* está basada en su novela. Enhorabuena.

—Gracias.

—Me llamo Leyre. Leyre Berrocal. Soy actriz. *Cámara obscura*, *Un mundo casi perfecto*, *Fuego*... Cine y teatro.

Úrsula se molestó por los susurros de sus compañeros de fila. Miró a Simón y le dio un golpecito con el zapato. Simón lo desatendió.

—No he visto nada tuyo. Nunca voy al cine.

Leyre ahogó una carcajada.

—Vaya dos. Usted no va al cine y yo no leo novelas.

—Me aburro. Creo que me marcho.

—¿Cómo se va a marchar? Queda el Goya al mejor guion adaptado. Su peli está nominada.

—Ni es mi peli ni es mi guion. Solo es mi novela.

Úrsula volvió a golpear a Simón, esta vez con el codo.

—¿Y va a dejar a su mujer sola?

—No es mi peli. No es mi guion. Tampoco es mi mujer. Es mi agente. Sin ella no soy nada. Hoy lleva un vestido demasiado ceñido —rio Simón.

Leyre volvió a ahogar una carcajada.

En el escenario, otorgaban el premio al mejor corto de animación. Hubo aplausos y algo de jaleo. Simón veía los rostros de los asistentes como máscaras siniestras, bocas groseras riéndose, lenguas sonrosadas. Personajes de Goya en la entrega de los Goya, caretas de cera, gestos escapados de cuadros siniestros del pintor aragonés. Grititos ahogados, besos falsos, maquillajes derritiéndose bajo los focos.

Le faltaba el aire. Buscó con pánico dónde había salidas de emergencia, extintores, planes de fuga. Detestaba a la masa; le aterrorizaba la turba. Con cada aplauso, los pulmones se le comprimían al otro lado de la epidermis. Comenzó a sudar.

Ojos con rímel, labios pintarrajeados, hombres con pajarita y mujeres ocultas en peinados imposibles. Ruido. Microfonía estridente. Aplausos. Alabanzas. Aplausos. Pulsaciones disparadas. La mente en Rebeca. Aplausos.

—Me voy.

—Simón —replicó Úrsula, alarmada—. Siéntate ahora mismo. Si hay Goya, te citarán.

—Me da igual. Me voy.

Estaba de pie, dando la espalda al escenario, frente a Leyre, prácticamente invadiéndole el espacio. La miró, sonrió y le tendió la mano.

—Encantado, Leyre Berrocal.

—¿Adónde va? —preguntó ella turbada por la situación.

—Seguro que hay un bar por aquí cerca.

Simón salió de la fila diecinueve tropezando con

las piernas de otros asistentes, hasta llegar a la escalera. Cuando, mascullando un fastidio, desapareció por la puerta, alguien bailaba sobre el escenario.

El limón flotaba en la tónica como un buque varado. Las burbujas le hicieron pensar en los buzos de *Hombres de honor*, la película en la que Robert De Niro y Cuba Gooding, Jr., se batían el cobre con el mar dentro de sus trajes de buzo, mientras Charlize Theron vivía la aventura como una mujer florero.

Y entonces cayó, apuró su copa y salió a la calle.

Cayó en que nunca iba al cine, como le había dicho a Leyre Berrocal, pero que sí conocía aquel largometraje de Robert De Niro.

Cayó en que hacía mucho que no hablaba con nadie que no fuera de su círculo habitual, círculo tan exiguo que empezaba a ser un mero punto.

Cayó en que le habían cobrado catorce euros por un *gin-tonic*.

Cayó en que, quizás, a aquella altura de la noche, *Las otras voces lentas* se habría llevado un Goya al mejor guion adaptado. Instintivamente, miró el móvil:

Tenemos Goya. Dnd estas?

Sonrió. Se imaginaba a Úrsula dando un bote de alegría, escuchando atenta al guionista agradecer a Simón Lugar su novela, mientras el auditorio aplaudía y Leyre Berrocal observaba la butaca vacía.

—Te has perdido tu propio Goya —sonó tras él.

Simón se volvió.

—No es mi Goya. Ni siquiera mi historia. La han malogrado.

—¿Siempre eres así de desagradecido?

Era Leyre Berrocal. Se había soltado el recogido del pelo y dejaba que este cayera sobre sus hombros, ocultos apenas por una rebeca de fino punto con encajes en las solapas. Simón se fijó en los afilados tacones de sus zapatos y en que se había quitado la pulsera mexicana.

—¿Y tu pulsera?

—En el bolso —contestó ella mostrándolo.

—Un minibolso.

—Un bolso de ceremonia.

—¿Qué haces aquí?

—He salido ya. Me aburría. Volveré después, cuando acabe todo, a la fiesta que da mi productora. Bueno... no es mi productora, es la productora con la que he trabajado a veces. Hemos quedado luego en el hotel. Tomaré un taxi. Buscaba un bar. ¿Hay un bar por aquí?

—Había bar dentro. Estaba lleno de famosetes. Deberías haberte quedado en él, con los tuyos.

—¿Me invitas a una cerveza o no?

—¿Las actrices bebéis cerveza? Pensaba que solo tomabais tragos con más *glamour*.

Cuando Úrsula llamó por novena vez, empezaba a perder los nervios. Hacía una hora que había terminado la ceremonia y el evento en el Hotel Capitol con toda la gente de *Las otras voces lentas* había empezado ya. Si Simón quería perdérselo, allá él.

Lo intentó de nuevo.

—Vete a la mierda, Simón Lugar —riñó al móvil cuando este dejó de intentar establecer llamada—. No tienes ni idea de cómo funciona este negocio.

En la recepción de otro hotel, lejos del Capitol, a más de veinte minutos de taxi, Leyre Berrocal buscaba en el directorio dónde se ubicaba la fiesta de su productora. Cuando por fin dio con ella, tendió la mano a Simón para que le siguiera hacia los ascensores.

—Mejor me voy. No pinto nada aquí.

—¿Qué dices? ¡Eres mi invitado!

—Leyre... ¿por qué haces todo esto?

—¡Vamos! Es en el Salón Gracia, en la última planta. Será divertido.

—No quiero divertirme. En realidad, debería estar en la fiesta de *Las otras voces lentas*, con Úrsula, en el Capitol.

—Pero estás aquí.

El ascensor llegó con una dulce campanilla. Se abrieron las puertas. Dentro, el hilo musical reproducía una melodía de Enya.

—Me voy.

—No voy a obligarte a quedarte, Simón Lugar —se abatió Leyre, evitando con su mano que se cerrara el ascensor.

—¿Por qué has salido a buscarme y por qué me has traído hasta esta fiesta?

—¿Y por qué no?

—Supongo que te estoy pareciendo patético.

Leyre desatendió el ascensor, las puertas se cerraron y avanzó un paso hasta el hombre. Le agarró ambas manos, se colocó frente a él sin necesidad de ponerse de puntillas, encaramada en sus tacones, y le besó levemente en la comisura del labio.

—Esa cara tuya no se merece estar tan triste.

—¿Tengo la cara triste?

—Para ser un escritor con cuyo libro ha obtenido un Goya, sí.

Tardó casi dos horas en regresar hasta su hotel, caminando, sin atender a los empleados del servicio de limpieza que regaban las calles con potentes y ruidosas mangueras ni a los taxis libres que disminuían la velocidad al pasar cerca de él. Madrid había mudado la actividad diurna por la nocturna, y una pléyade de oficios se repartía el asfalto antes de que llegara el alba: repartidores, cuadrillas de trabajadores, barrenderos, policías, maleantes, hombres sobre escaleras colocando carteles, operarios del alumbrado en una farola o en otra, guardias de seguridad, vagabundos, transportistas, hosteleros de la noche...

Estaba cansado. Los zapatos le produjeron rozaduras y hacía tiempo que había perdido la pajarita, quizás en el primer bar, mientras tomaba la cerveza con Leyre.

Se preguntaba por qué en la vida, a veces, surgían personas que, como los personajes de una novela, entraban y se iban, y por qué, en otras ocasiones, algunas de esas personas, como algunos de esos personajes, se quedaban para habitarnos. Se preguntaba por qué Úrsula se había quedado habitándole. Se preguntaba qué le había podido empujar a Leyre Berrocal a fijarse en él. Se preguntaba cuánto habría sido capaz de escribir a lo largo de aquella larga noche si, en lugar de dejarse embaucar para ir a la ceremonia de los Goya, se hubiera quedado en el hotel frente a su portátil. Se preguntaba cuánta gente trabajaría en Madrid bajo la luna. Se preguntaba si sería cierto que, tras los premios a la película, habría más lectores de su novela. Se preguntaba por qué los termómetros de una ciudad podían llegar a marcar hasta siete grados de diferencia. Se preguntaba dónde residía la inspiración y, por un segundo, se le dibujó el rostro de Leyre Berrocal y sonrió.

Se preguntaba si sería capaz de escribir una buena novela. No una comercialmente exitosa, sino una buena.

Se preguntaba si la literatura llegaba a las librerías.

Antes de subir a su habitación, logró que le sirvieran una copa que finalmente no tomó.

11

Provence. Algo más de un año
y medio antes de conocer a Eme. Seis meses
después de conocer a Luz en Buenos Aires

Inspírate en un lugar y transpórtalo a tu casa. Que tus paredes hablen de ese lugar, y tus cojines, y tus muebles y tus objetos decorativos. Si eliges bien, harás de cada rincón un motivo para evocar los felices instantes que has vivido en cualquier punto del mundo.

La Provenza es un buen pretexto para comenzar con esta nueva afición tuya. Haz safari decorativo.

Provence, junio. Simón alquiló su casa habitual, cerca de Bonnieux, a tiro de piedra de Lacoste, en mitad de una vasta extensión de lavanda, flanqueada por altos cipreses negros que desafiaban al cielo y con una suave colina dibujada hacia el valle. Se trataba de un complejo compuesto del sobrio edificio principal, que

Simón ocupaba recurrentemente desde hacía diez años, así como un ruinoso *garage*, un cuarto para aperos de labranza, una amplia y coqueta casita en la que vivían los guardeses, madame y monsieur Ménerbes, y una exigua praderita con un olmo arrogante y descontextualizado. Rodeaban la extensión un cerramiento de setos y un enrejado oxidado que en algunos puntos había sido sustituido por una cancela de gruesos tablones ferroviarios traídos desde algún sitio. En el interior, bajo el emparrado y junto al pozo, había sillas, sofás de mimbre, cubos de hojalata, tinas volcadas y rosales espléndidos; lejos, panales en un rincón de la finca, cerca del vértice norte, y por cualquier lugar, alguna carretilla a veces llena de tierra y a veces vacía.

La encontró en un viaje a La Provenza, poco después de su primer gran éxito, e inmediatamente se enamoró de ella, jurándose que, en cuanto perdiera la cabeza, algo que nunca le sucedía, se la adquiriría a los propietarios, unos ricachones herederos que vivían en Marsella ajenos a sus posesiones.

Desde allí, en el viejo Citroën Dos Caballos del también viejo monsieur Ménerbes, recorría cada tarde los pueblos de la zona, y hasta se escapaba a Aviñón de vez en cuando a tomar té helado frente al Palacio de los Papas. Las puestas de sol se tintaban de morados sobre los campos, mientras las piedras en los lindes de los caminos dibujaban tizones rojizos durante unos segundos, y se volvían incandescentes, y luego grises según el sol declinaba.

En Lacoste visitaba la casa del marqués de Sade y

las obras de Pierre Cardin, el escultor que acabó como diseñador; entraba en Moulin y pedía galletas de menta, bromeaba con la dueña, una simpática paisana, y escuchaba sus chismes y soportaba sus críticas porque, según ella, todos los poetas eran mujeriegos y de poco fiar. En Lourmarin, adonde acudía con frecuencia para visitar galerías de arte, floristerías y librerías de antiguo, leía frente a los cafés con sillas en la acera, y en la afable villa de Ménerbes discutía con el *brocanteur* hasta conseguir tal o cual volumen de Victor Hugo.

Y escribía. Se levantaba temprano, recorría el caminejo de tierra que unía su casa con Bonnieux, desayunaba en la plaza, y regresaba para entregarse a sus letras hasta que el estómago le obligaba a parar, si lo hacía.

Sus dedos, como tantas otras veces, iban más despacio que sus ideas e, instalado frente a la ventana del segundo piso, con el paisaje rojo, morado y verde de su campo, se transportaba a Buenos Aires o adonde hiciera falta.

Su prosa avanzaba a grandes pasos, párrafo a párrafo, diálogo a diálogo, página a página. Apilaba sus folios en montones clasificados en «definitivos», que nunca lo eran, «revisar», los que quería volver a leer, y «dudosos», aquellos que, una vez escritos, incluso mientras los escribía, sospechaba que jamás llegarían a insertarse en la obra.

Sin embargo, a pesar de que su frenética actividad le hacía engrosar los montones y redondear las novelas, una parte de su cerebro se alejaba de la historia que contaba, navegaba otros mares y se perdía en otras estructuras: era la poesía. La poesía le asaltaba hasta el punto de que, en ocasiones, al tiempo que redactaba su prosa, surgían versos y estrofas en algún lugar de su cabeza, en la sinapsis bendita del poeta, y las guardaba allí hasta encontrar el momento en el que, en manoseadas libretas, las convertía en palabra por medio de la tinta.

La poesía es una amante entregada. Nos domina, nos seduce, nos atiende, nos consuela. Nos hace el amor como nadie, nos cobija en sus brazos desnudos y siente el roce de nuestra piel hasta hacernos alcanzar el éxtasis. Acaricia nuestras sienes, hunde nuestro rostro en sus pechos y nos eleva estrofa a estrofa hasta el delirio creativo.

Susurra en el oído, cuando algo no funciona, que lo resolveremos juntos. Y es en el «juntos» en donde encuentra el poeta la razón de su existencia. No hay otro modo. No hay otro cáliz. Solo entregado a ella, quien escribe poemas lo hace con honestidad.

La poesía es una amante entregada, sí, insensata, sentada a horcajadas sobre el tedio para sorprendernos, para crecernos con su movimiento, pelvis a pelvis, gimiendo en la rima aunque esta no exista, enseñándonos que, al fin y a la postre, ser poeta es una forma de entender la vida y no una disciplina a través de la que escribir.

La poesía es una amante y el poeta, su consuelo.

Monsieur y madame Ménerbes, los guardeses, recibían con agrado a Simón, asegurándole que de todos los inquilinos que ocupaban la villa a lo largo del año, inquilinos cada vez más escasos y más aislados, él era el más discreto, el más simpático y el más trabajador. Y el más guapo, añadía madame Ménerbes. Y el más educado, a pesar de no ser francés, completaba monsieur.

Ellos se preocupaban de la intendencia, de la comida, de quitar las hojas de la piscina que jamás usó Simón, de engrasarle la bicicleta y tenerle listo el Citroën, de ofrecerle infusiones de regaliz si releía sus apuntes en el jardín, bajo el emparrado, de lavarle y plancharle la ropa, de airear la habitación y de recordarle, cuando se sentaban a la descascarillada mesa del porche a tomar vino y almendras, que la vida son cuatro días y que había que aprovecharlos.

Eran adorables, atentos y cálidos, en absoluto serviles, aunque sí serviciales, de rostros orondos y curtidos por el aire, de manos trabajadas y mirada clara. A lo largo de los veranos, habían aprendido a manejar a Simón, a complacerle y a anticiparse a sus gustos, que eran sencillos y previsibles.

Discutían sobre política y economía, sobre gastronomía y sobre poesía, porque madame Ménerbes fue maestra en Apt, cuando Apt era solo una aldea, y monsieur fue bibliotecario en Arlés en los años de mayo del sesenta y ocho.

Escuchaban a Georges Moustaki en un pintoresco tocadiscos y era en La Provenza donde Simón más seriamente se planteaba dejar los rigores de su tierra, los grises de sus paisajes y la pesadumbre de su país para empezar una vida de nuevo, algo que jamás hacía y que solo le duraba desde mayo hasta septiembre, momento en el que ansiaba las brumas, las lluvias y los mares del Cantábrico. Era entonces cuando a madame Ménerbes se le oscurecía el gesto y se pasaba tres días llorando, diciendo que Simón era como un hijo para ella y que qué tonta se ponía con tanto sentimentalismo, y que se cuidara mucho, y que a ver cuándo compraba de una vez aquella casa y se mudaba a Provence porque ellos cuidarían de él.

Aquel año la novela le tenía tan enfrascado que con frecuencia se olvidaba del vino y las almendras o de los paseos en bicicleta, y en más de una ocasión la noche le sorprendió sin encender la herrumbrosa lámpara Jieldé del escritorio. Monsieur Ménerbes aseguraba que había sido usada por los mismísimos cabecillas de la Operación Dragoon, cuando la Resistencia francesa contra la invasión nazi tenía en aquella villa sus reuniones clandestinas, y a Simón le gustaba pensar que con su presencia en la casa, él también se unía a la Historia. Cualquier pensamiento era bueno para escapar mentalmente de la novela.

Simón empezaba a perder el norte.

Madame Ménerbes le asaltaba con platos de queso y confitura o con empanadas de verdura recién horneadas y él las recibía con una sonrisa y un gesto de asentimiento, aunque terminaban por quedarse desatendidas junto al ordenador. La fiebre del escritor le asaltaba con virulencia y ni siquiera la miel que madame recogía en los panales de la casa conseguía despertarle el ánimo.

Simón estaba consumido por su propio frenesí, ahogado en las setecientas páginas de su novela, asfixiado por sus anotaciones, anhelante de poesía y suspirando por dejar a un lado la prosa.

Y sucedió que algo le salvó del desahucio. Sonó su móvil.

—¿Sí?

No esperaba ninguna llamada. Ni siquiera Úrsula Fibonna solía incordiarle durante sus paréntesis franceses. Tampoco la asesoría que le llevaba todos los papeles, facturas, contratos y asuntos legales. Mucho menos, su hermano.

—¿Simón?

—¿Sí?

—¿Simón?

—Sí. Soy yo. ¿Quién llama?

Miró el número. Era larguísimo y desconocido. No reconoció el prefijo.

—Simón... soy Luz.

—¡¿Luz?! —Dio un salto en su silla. Instintivamente dio a «guardar» al documento y se levantó. Más allá del marco desconchado de la ventana, la tarde caía sobre los perfiles del cerro de Beaumettes.

—No he reconocido el móvil. ¿No me llamas con tu móvil? ¿Me llamas desde un fijo? ¿Dónde estás?

—Simón... —Y se echó a llorar.

—¿Luz? Luz. ¡Luz, por favor! ¿Qué... qué te pasa? ¿Qué sucede? ¿Luz?

Entre sollozos, Luz no pudo sino balbucear.

—Es Rebeca... —balbuceó la mujer

—Cálmate, Luz. Tranquila. ¿Qué sucede? ¿Rebeca? ¿Qué pasa con Rebeca?

—Es Rebeca, Simón... —reventó la mujer en un sonoro llanto.

—¡Cálmate! ¡Cálmate, Luz! A ver... ¡por favor, Luz, cálmate! ¿Se puede saber qué pasa?

—Ayúdame, Simón. Ayúdanos...

Aquella noche, Simón acabó su párrafo sobre el alquiler del todoterreno, preparó una ligera maleta, compró un billete por internet, se despidió de madame y monsieur Ménerbes y se acostó para no poder conciliar el sueño.

—Cariño, la entradilla sobre La Provenza es deliciosa. Con todo, esperaba algo más del número. No sé. Se te han pagado quince días allí. Creo que podrías haberle sacado más provecho. Hay poco pulso, poca implicación. Quiero un nuevo reportaje para el siguiente mes. Cuéntanos cómo te sentiste, qué viste, de quién te enamoraste. Una no puede ir a La Provenza y no enamorarse. Es como viajar a Milán y no venir encandilada por la moda. Invéntate una historia y nárranos tu idilio entre plantaciones de lavanda.

—Lo intentaré. No voy a decepcionarte.

—Estoy segura de ello.

Y me colgó.

Entonces, aprovechando que tenía el móvil en la mano, busqué un teléfono en Google y conseguí contactar con una empresa de alquiler de vehículos.

—Autorent, ¿dígame?

—¿Alquilan todoterrenos?

—Es nuestra especialidad.

—Sí, lo he visto en su página web. ¿Tienen uno disponible para mañana?

—¡Por supuesto!

Al día siguiente, Simón, después de intentar sin éxito alquilar un coche, acudía a Bonnieux y se sentaba en el asiento trasero de un taxi.

—*Oui, monsieur?*

—*Charles de Gaulle Airport.*

—*Mais, monsieur... C'est à sept heures!*

—Ya sé que está a siete horas. Me da igual. Tengo que coger un avión. Un avión a Buenos Aires. Le pagaré lo que haga falta. *Je paierai ce qu'il faut.*

Hay momentos en los que hasta las letras se aplazan si es el corazón quien dicta.

12

Navidad, eterna Navidad

Los colores no son solo el resultado de una paleta; son, sobre todo, el reflejo de tu actitud ante la vida. Tu casa es tu tarjeta de visita. No permitas que una mala combinación de colores la arruine.

La mañana estaba gris. Gris, el mar. Y el cielo. La línea que separaba ambos era gris, como el filo resplandeciente de un cuchillo gris. Era uno de esos días en los que las fachadas se convierten en fachadas del norte, barojianas, apocadas, como embozadas en bufandas grises.

Simón, desnudo frente al espejo, observaba su cuerpo, la flacidez impertinente de su estómago, sus pechos lacios, el vello grisáceo de su torso. Se peinó. A la mata de pelo le vencía la sensación de que las canas habían ganado la batalla. Pasó su mano por el rostro y tomó conciencia de la barba, gris, y clavó sus ojos en los ojos del espejo y descubrió que ya no tenían la calidez verdosa de la juventud sino que dos pupilas grisáceas lo observaban, crueles y distantes, desde el otro lado del cristal.

Eligió la ropa con desgana, repitiendo pantalones y camisa, una de esas gruesas de franela a cuadros que Úrsula jamás le permitiría lucir en público, y un jersey gris de robustos nudos y cuello cerrado.

Sentado frente al ventanal, el mar parecía decirle que el color no era tan importante, que el color era frívolo, que la ausencia de color producía una escenografía en la que escribir resultaba más sencillo. Se acordó de los Ménerbes y de la casa ocre de La Provenza, de los brillos terrosos en las hojas del olivo, de las hortensias reventando nubes pastel, del amarillo intenso del trigo al borde del camino, de la flor de lavanda creando edredones lilas en las colinas.

Y rechazó la imagen. El mundo era gris porque allí, en su apartamento, lo gris inundaba el pensamiento.

Su novela no era gris; era negra. Quizás debería borrarla.

Se levantó y releyó un pasaje escrito hacía días, aún sin insertar en la obra final, mantenida como un documento autónomo a la espera de que lo copiara y lo pegara en algún punto de la historia.

El espigón, de cemento gris, anónimo igual que las aceras de una urbe sin encanto, se extendía a sus pies reclamándola para acabar lo que había ido a hacer. A modo de alfombra, la invitaba a zanjar su absoluta tristeza de una vez por todas.

Lo recorrió despacio. Se había descalzado, pero no le importaban los charcos que persistían impenitentes desde el último día en que llovió. Sus hombros caían hacia delante, retando a la mirada por llegar antes al extremo del rompeolas.

Tenía las manos inertes, incapaces de articular los dedos, tan huidas de la sensibilidad como el rostro, como la mandíbula, agotada de tanto llorar, como las ojeras, como las comisuras de los labios, aún con saliva seca y un gesto de infinita desolación.

Dentro de su cabeza, el vacío más profundo y las palabras adosadas a la decisión de quitarse la vida.

Llegó al vértice del dique, allá donde el mar se confunde con la arista desafiante que alguien diseñó un día. Se asomó. La bravura de las olas estrellaba borbotones de espuma contra los bloques de piedra dispuestos desordenadamente en la base.

Sacó una brida de plástico y se la colocó uniendo sus tobillos. Ni siquiera pestañeaba. La apretó tanto que inmediatamente se le enrojeció la piel hasta el punto de empezar a sangrar.

A continuación, se amarró las muñecas con otra brida, ayudándose de los dientes. Solo quedaba saltar, arrojarse al rompiente y permitir que el mar, bendito mar, hiciera el resto.

Simón lloraba. Solía ocurrirle con frecuencia, por muy escritor de oficio que fuera. Por muy profesional y muy intelectual que se pusiera, por mucha pose que adoptara, solía llorar ante la pantalla del ordenador hasta el punto de desasosegarse durante días. No servía para mantenerse al margen. Su implicación con cada párrafo, con las vidas de sus personajes, con el espíritu de verbos y adverbios era tal, que necesitaba de estados de emoción concretos para abordar esta o aquella página.

El día seguía gris. El suicidio era inminente. Solo en un día gris podía haber escrito aquel pasaje.

Lo releyó varias veces, cambió alguna palabra, suspiró. Guardó las modificaciones, seleccionó el texto y lo introdujo en el punto exacto de la novela en el que él creía que podía funcionar. Muchas veces, construir una historia es como el montaje de una película. Se preguntó si nadie inventaría un programa de ordenador que facilitara la tarea del constructor de relatos de mil páginas.

Fuera, en la intemperie, el espigón, gris y fiero, le interpelaba. Por un instante, quiso ver en él a la muchacha de la playa, a Shanti Andía emergiendo de la pluma de Pío Baroja o al mismísimo Baroja discutiendo con Unamuno hasta arrojarse uno de los dos al rompiente.

Simón se lamentó de no tener un Unamuno.

13

Buenos Aires. Luz y Rebeca entran en su vida.
Dos años y medio antes de conocer a Eme.
Un año antes de aquella llamada a La
Provenza.

Guíñale el ojo a tu estilo, seduce a tu casa, coquetea con la decoración y déjate enamorar. Es así de sencillo, así de embaucador.

La moda, como el arte, no entiende de razones sino de emociones.

Por entonces, redactaba el final de *Las otras voces lentas* y remataba algunos capítulos, aquellos que tenían que ver con Argentina. En el avión, no dejaba de preguntarse si sería, como anunciaban, un nuevo éxito, o si lo que estaba escribiendo era un simple ejercicio de oficio, toda vez que sentía que había perdido la inspiración. Lo que realmente le apetecía era darle carpetazo y volcarse con la idea nueva que le rondaba la cabeza, la de los asesinatos en serie en Uribe Kosta, su primera novela policiaca y de la que ya tenía escritas muchas páginas. Es cierto que le faltaba perfilar a su nuevo personaje, una mujer de clase social alta que se veía envuelta en una retahíla de crímenes, así como el motivo de estos y el desenlace; pero la atmósfera la tenía, la intuición la tenía, el tono lo tenía, y tenía, sobre todo, las ganas. Lo que menos le apetecía en aquel momento de su vida era tener que terminar *Las otras voces lentas* en una tediosa estancia en Argentina.

No se imaginaba que Argentina le cambiaría la vida. Argentina o una argentina. O dos, para ser exactos.

Nunca sabemos qué nos va a cambiar la vida. Uno conoce a una mujer, surge un pestañeo y, de repente, se ve echando por la borda su matrimonio. O se le ocurre ir al médico por una gripe y acaban encontrándole un tumor. O se compra un coche con el que se mata.

Uno conoce a un amigo que le presenta a una amiga de su amiga y acaba creando el universo más feliz que pudiera pensarse. O decide no salir a la calle porque llueve y recibe entonces esa llamada que le va a alegrar el día. O escribe una novela creyendo que es pura recopilación de frases y se convierte en su título emblema.

Nunca sabemos qué nos va a cambiar la vida, para

bien y para mal. Hay personas que se asoman y terminan por empapelar nuestras paredes con recuerdos. Hay lugares que visitamos como turistas y pasan a ser paisajes cotidianos.

Uno visita Buenos Aires y nunca vuelve a ser el mismo.

Se le acercó un auxiliar de vuelo, le ofreció una nueva tónica, que él rehusó, y le indicó que en menos de una hora tomarían tierra en el Ministro Pistarini, el aeropuerto de Buenos Aires al que todos llamaban Terminal Ezeiza. Simón correspondió con una sonrisa de asentimiento y extrajo de su bolsillo una pequeña libreta y un lápiz negro.

- ✓ Acabar *Las otras voces lentas*: tema pobres en ciudades occidentales
- ✓ Seguir con novela-2 tema arquitecta y asesinatos en serie por Uribe Kosta
- ✓ Comprar cuchillas afeitar
- ✓ Avisar a Úrsula cuando llegue al hotel
- ✓ Contacto con policía de B. Aires (llamarle hoy): comisario Gustavo Robles
- ✓ Pensar en nombre de protagonista novela-2: ¿Renata, Lucía, Adriana,????????
- ✓ Pensar en título de novela-2
- ✓ Comprar revista de decoración
- ✓ Confirmar vuelo de vuelta a Madrid

Buenos Aires se abría al otro lado de la ventanilla del taxi como una mujer perezosa a quien le costara esfuerzo desmadejarse el pelo. Simón miraba sin ver, mientras recorrían las diez cuadras que distaban desde su hotel en Puerto Madero hasta el Departamento de Policía, en la avenida Belgrano. Cuando el comisario Gustavo Robles, responsable de Delitos Complejos y Lucha contra la Criminalidad Organizada, le recibió a pie de acera frente a la puerta de acceso, reaccionó, pagó la carrera y regresó a la realidad. Eran las siete de la mañana y se presentaba una ardua jornada de trabajo en colaboración con la Policía porteña, algo que solo Úrsula era capaz de conseguir.

El comisario Gustavo Robles, un fulano de corbata azul celeste y zapatos relucientes, guio al escritor a través de una maraña de agentes uniformados, inspectores hacendosos, mesas perfectamente ordenadas y pilas de documentos sobre muebles auxiliares. Finalmente, se encerraron en un despacho en el que, a lo largo de cuatro interminables horas, Simón viajó hasta la Argentina de la dictadura, hasta las tropelías de los milicos, hasta la represión, hasta las madres a quienes arrebataban a sus criaturas y hasta los colegios en los que se manipulaban los apellidos.

Alguien trajo mate, aunque Simón pidió un café. Olía a calor húmedo y a urgencia. Desde fuera de la habitación llegaban voces y sonidos de teclado, algún portazo, quizás avisos por radio...

Simón comenzó a mirar su reloj. No había acudido hasta Buenos Aires para repasar datos que podía encontrar en un nutrido puñado de libros o en Google.

No era su estilo. No había llegado a ser el escritor que era documentándose exclusivamente en papeles impresos. Él necesitaba más. Necesitaba acción, testimonios, vivir en sus propias carnes las desdichas y los triunfos de sus propios personajes.

Un escritor juega a ser Dios cuando diseña un personaje. Le otorga el don de la vida, que por el hecho de ser literaria no deja de ser menos vida. Pensemos, sin ir más lejos, que un personaje es capaz de sobrevivir a su creador y cortejar a la eternidad con más armas de seducción, incluso, que aquel.

El autor le otorga la vida y le dota de características psicológicas que lo harán veraz. Ahí radica el éxito, en la veracidad. Hay personas que preguntan a un novelista si sus personajes son reales. ¡Estúpidos! Son personajes; nunca reales. Lo que deberían preguntarse es si son veraces.

¡O no! O ni siquiera preguntárselo, porque, si lo son, si son veraces, quien lee no tendrá la necesidad de cuestionarlo y, sencillamente, se dejará llevar por él a lo largo de la acción.

Simón Lugar era un experto alumbrador de personajes. Con solo unas pinceladas, les confería verosimilitud, los hacía veraces. Y eso no se logra con la ramplona documentación que lleva a muchos escritores a rubricar novelas repletas de datos pero insalubres, farragosas y eruditas. Eso se logra viviendo las mismas emociones que viven los personajes.

¿Significa que para escribir sobre un asesino, una mujer enamorada o un ser atormentado hay que matar, enamorarse o atormentarse? En absoluto.

O quizás, sí.

Simón abandonó a Gustavo Robles después de invitarle a comer en un bar sencillo y limpio de la calle Virrey Ceballos, a tiro de piedra del despacho. Rieron relajados y se agradecieron mutuamente la colaboración, uno convencido de que había perdido la mañana y el otro de que había salvado la novela del escritor.

Eran cerca de las tres y Simón pensó que no estaría de más irse a La Plata, a cincuenta kilómetros al sur de la capital, ya que Robles le había asegurado que allí vivía bastante gente a quien el corralito le había dejado en paños menores.

—Nada de ir a La Plata, y mucho menos a los Altos de San Lorenzo, su barrio más meridional. No le conviene. Allí a los extranjeros no los ven del todo bien. Es una zona poco recomendable —le había dicho el comisario cuando, por la mañana, salió el nombre del barrio y su relación con bandas de delincuentes. Era gracioso comprobar cómo el policía intentaba europeizar su castellano y evitar el deje propio de Buenos Aires—. Además, se llevará usted una idea mala de Buenos Aires y Buenos Aires es una ciudad bendita. Un poco puta, pero bendita. Ni La Plata ni Merlo.

—Tranquilo, amigo, no iré —le contestó Simón, convencido de que era allí adonde tendría que acudir si quería inspirarse para los capítulos argentinos de *Las otras voces lentas* y terminar su novela de una vez.

Visitó La Plata, los Altos de San Lorenzo y las calles en torno a Tolosa. Pero un taxista le dijo que donde de verdad había carnaza era en Merlo, al otro lado de Buenos Aires, un barrio donde el contraste era evidente y donde las familias pobres, desahuciadas y arrastradas a la miseria convivían con coches coreanos y mobiliario urbano de última generación, donde la gente sobrevivía y, a la vez, se compraba televisores de plasma, una especie de campo de pruebas del corralito, la especulación y la falta de escrúpulos. No se lo pensó y ocupó aquella tarde buscando un lugar desde el que beber atmósferas.

Beber atmósferas es para un escritor como captar la luz para un pintor; como aprehender los huecos para el que esculpe; como imaginar la escenografía para el dramaturgo. Es como dar color a los folios en blanco. Es saber a qué huele una calle, a qué sabe un beso, a qué suena un cielo en tal o cual paisaje.

La atmósfera es lo que hace que una novela lata, y Simón Lugar, experto en hacer latir sus páginas, necesitaba siempre beber la atmósfera en la que desarrollar una historia.

Visitó Merlo aquel mismo día, y el día siguiente y el siguiente y el siguiente del siguiente y así hasta una semana. Acudía cada mañana, tomaba posición en una cantina modesta pero hospitalaria en la calle Maipú, esquina con Mendoza, y bebía refrescos y comía bocadillos mientras anotaba en su libreta qué le sugería tal o cual vecina, tal o cual grupo, tal o cual mirada. Hablaba con los clientes, les convidaba a un trago y recogía en sus folios cada reivindicación e historia; parloteaba con las madres que venían de llevar a sus hijos a la escuela, interrogaba a los adolescentes que, por la tarde, jugaban en el futbolín. Sacaba cuartillas blancas de su maletín de cuero y las llenaba a mano con frases, párrafos, diálogos y acotaciones apresuradas, de manera que su mesa en aquel bar se convirtió en su escritorio y sus días en los más excitantes y prolíficos de las últimas semanas.

La camarera, una mujer joven y sencilla en sus ademanes, le atendía desde la barra y le seguía cuando abandonaba el bar con un «hasta mañana». No pasaba desapercibido, y en el barrio hubo hasta quien dijo que le había leído, aunque no fuera cierto.

—Vos es ya famoso en el barrio —le dijo la muchacha mientras, con una bayeta, limpiaba el cerco de la taza con cuidado de no ensuciar las hojas escritas.

—¿Famoso?

—En el barrio se habla de vos. ¿Es poeta?

—Novelista.

—Oh... —La cara de decepción de la camarera fue tan evidente que Simón se apresuró a intervenir de nuevo, apoyando el lápiz sobre un montón de papeles.

—¿Habrías preferido que te dijera que soy poeta?

—Me gusta la poesía, eso es todo.

Un cliente impaciente la reclamó desde la barra. Ella acudió con paso grácil y, una vez que lo atendió, volvió a la mesa de Simón. Este la había seguido con la mirada y la esperaba.

—¿Te gusta la poesía?

—A la mitad de los argentinos nos gusta la poesía; a la otra mitad, el Boca.

—¿Te confieso una cosa? No me gusta el fútbol. Ni el Boca Junior ni ninguno.

—¿Ni siquiera el Real Madrid?

—¡Ja, ja, ja! Ni siquiera. Y, de gustarme, quizás sería más lógico que me gustara el Athletic de Bilbao.

—¿Athletic de Bilbao? Aquí hay uno que viene a beber tinto que dice que es del Athletic de Bilbao. Le llaman El Piparras. Creo que lo último que le gusta en el mundo es la poesía.

—Yo escribo poesía —sentenció Simón.

—¡No! —exclamó ella sonriente, dirigiendo la vista hacia los apuntes—. Pero todo esto es prosa.

—Tienes razón, pero creo que soy más poeta que novelista. Bueno, a decir verdad, no sé lo que soy. Escribo una cosa y me gustaría escribir la otra. No sé lo que quiero.

—Entonces vos ya es medio argentino.

—¡Ja, ja, ja! ¡Qué graciosa eres! ¿Por qué lo dices?

—Porque no sabe lo que quiere.

Aquella conversación llevó a otras, y aunque ella se mantenía discreta y profesional y siempre hablaba manteniéndose de pie junto a la mesa, Simón comprendió que, en efecto, era una entusiasta de la poesía, pues no había rato que no le preguntara sobre autores, títulos o recursos estilísticos.

Todo transcurría razonablemente bien, él redondeaba sus capítulos porteños de *Las otras voces lentas* y regresaba cada tarde satisfecho a casa, algo en lo que contribuían extraña y perturbadoramente las charlas sueltas con la camarera.

Pero el séptimo día, cuando abandonaba la taberna y buscaba un taxi, dos hombres con pellizas de cuero y gafas de sol lo agarraron de las axilas, lo arrastraron hasta la trasera del edificio y le mostraron el filo limpio de dos navajas dispuestas a coserle a tajos. Le avisaron de que allí los escritores, periodistas, policías, picapleitos y recontrahijos de puta no eran bien recibidos, que ya estaba bien de preguntar a la gente, que no podía estar todo el día metiéndose en la vida de los del barrio, que nada de meter nombres en su novela, y que si seguía espiando al vecindario, acabarían cortándole el cuello. Se despidieron con un golpe en el pecho y un puñetazo en la ceja, de la que inmediatamente empezó a sangrar, y le dejaron balbuceante apoyado contra la pared, solo preocupado por si su intención hubiera sido la de robarle el manuscrito.

—No les hagas caso —le dijo la camarera acercándose y tendiéndole un paño de cocina—. Son unos bravos, pero inofensivos. Serían incapaces de hacer daño a nadie. Lo que pasa es que la calle es la calle y aquí nunca vienen escritores europeos.

Había acudido a socorrer a Simón al ver desde dentro del bar que los dos hombretones se lo llevaban a la parte de atrás.

—Bueno, bien... He captado el mensaje. No volveré. Soy escritor, no gilipollas.

—Son conocidos aquí. Muy boludos.

A Simón aún le temblaban las piernas. Sus captores habían desaparecido, pero a él le duraba el susto. La sangre parecía no querer detenerse, y pronto le empapó la mejilla y el cuello de la camisa.

—¿Sobre qué escribes? No haces más que hablar con los clientes y quizás alguno haya pensado que, en realidad, vos no eres novelista y eres del fisco.

—¡Por Dios! —respondió sin dejar de atender la herida.

—¿Una novela? Tendrías menos problemas si fueras poeta, como Benedetti —bromeó ella tomando el paño y apretando para taponar la herida. Pronto dejó de sangrar.

—Es la tercera o cuarta vez que me hablas de él.

—Leo por las noches ejemplares de la biblioteca o que llegan a mis manos. Cuando puedo. En este barrio somos pobres pero no ignorantes. Por el día limpio un portal y trabajo en este bar. Necesito plata para mi hija. Me llamo Luz.

—Ya era hora de que me dijeras tu nombre. ¿Tienes una hija?

Seguían en el callejón.

—Tengo una hija, sí; una hija maravillosa. ¿Sobre qué escribes?

—Una novela. Se va a titular *Las otras voces lentas*.

—¿Aún no la has terminado y ya sabes el título?

—Cosas de mi agente y de la editorial. Todavía he de acabarla, aunque, en realidad, he empezado otra.

—¿Dos novelas al mismo tiempo?

—Ya ves —sonrió Simón, satisfecho al comprobar con el dorso de la mano que la ceja se había hinchado pero que no sangraba. Le devolvió tímidamente el paño.

—Encantada de conocerte, señor escritor.

—También encantado yo. Mañana doy una charla en La Guarida. Quizás te apetezca acudir. Me alegrará encontrar una cara conocida.

—Dudo que pueda. Seguro que me coincide con mi horario en el bar. Además, La Guarida está lejos de aquí, en la otra punta de Buenos Aires. Pero gracias.

Simón se estiró el pantalón y se acomodó bien la chaqueta sobre los hombros. Aquella muchacha, que no tendría más de treinta años, lo miraba desde unos ojos oscuros y una nariz helena. No era guapa ni fea, alta ni baja, gorda ni flaca. Era armónica, pese a la nariz.

—Me llamo Simón Lugar. Tienes nariz judía.

—Acabo en el bar a las siete y media. Si mañana puedo, iré con mi hija.

—¿Cuántos años tiene tu hija?

—Se llama Rebeca y tiene diez añitos.

—Me alegrará verte mañana. Gracias por venir a salvarme.

La Guarida era una librería de viejo que una vez al mes convocaba a escritores de todo pelaje a hablar de sus emociones, motivaciones y creaciones. Invitaron a Simón en cuanto un diario local comentó que andaba por Buenos Aires investigando para su siguiente novela, e inmediatamente organizaron un encuentro improvisado al que acudiría medio centenar de fieles al local. A Úrsula Fibonna no le hacía demasiada gracia que Simón aceptara aquel tipo de eventos gratuitos y con nula repercusión comercial, pero a él le satisfacían por lo que tenían de alternativos, honestos y sencillos, tan diferentes a las charlas en universidades o en grandes espacios.

Olía a libro con solera, a estantes atiborrados, a ficheros metálicos con reseñas bibliográficas, a escritorio de nogal y a iluminarias empolvadas. Prepararon un espacio al fondo del establecimiento, con una escenografía nada impostada de volúmenes apilados y ejemplares desperdigados, una fotografía de Simón que no era sino una ampliación de una imagen del periódico, y una docena de sillas dispuestas en media luna con sitio suficiente para que los parroquianos se acomodaran en pie.

Simón habló durante algo más de una hora, locuaz, seductor y seguro. Después, hubo preguntas y un encendido coloquio sobre si el autor, para escribir, ha de vivir lo que viven sus personajes. Se bromeó sobre la novela negra y la supuesta necesidad de ser un canalla para hacerla con coherencia, así como de la herida en la ceja y el llamativo moretón que la acompañaba.

¿Cree que escribir es vender el alma al diablo? ¿Cree que publicar con un sello editorial como el suyo es prostituirse o, en cierta manera, la espiritualidad adherida al acto de escribir está por encima de las decisiones prosaicas como con quién publicar? ¿Qué opina de las adaptaciones al cine? ¿Cree que su siguiente novela se venderá bien en Argentina? ¿Por eso va a meter capítulos ambientados en Buenos Aires o es que la ciudad sublima, como lo ha hecho con otros autores, no tanto la capacidad de escribir como la de redirigir lo escrito? ¿Desde cuándo escribe? ¿Escribir es trascender? ¿Busca la gloria actual o el reconocimiento en la posteridad aunque este sea imposible de aprehender en vida? ¿Es necesaria cierta desubicación psicológica para poder meterse en la piel de personajes tan dispares? ¿Cree que se puede escribir sin amar?

Por fin, al filo de la noche, la librería dio por terminada la sesión y agradeció a los asistentes su entusiasta participación, así como a Simón, quien firmaba algunos ejemplares apoyado sobre una montonera de libros. Y entonces la vio.

—¿Luz? ¡Has venido...! —preguntó él claramente conmovido.

—Hola. Esta nena maravillosa es mi hijita, Rebeca. Pudimos venir al final.

—Gracias...

—Gracias a vos por invitarnos. Debió de estar muy interesante. Tal vez otro día podamos escucharte más.

—Hola, Rebeca. Encantado de conocerte...

La niña lo miró y sonrió. Aquella sonrisa iluminó la librería y se instaló en la frente de Simón.

—Eres muy guapa.

—Para mí lo es —intervino Luz—. Y le gusta mucho leer.

—¿De verdad? Yo no soy muy de niños... Y mis libros no son para gente de tu edad, aunque seas ya una jovencita con cara de que eres muy lista —se dirigió a Rebeca—, pero estoy seguro de que en este sitio encontrarás un libro que te guste y tu mamá me dejará que te lo regale. A ella le regalaré uno mío.

—Si con eso vos no te arruinás —bromeó Luz.

—Creo que podré.

Los de La Guarida invitaron a Simón a tomar algo cerca de la librería, a modo de colofón, pero, por alguna extraña razón, sus ojos se cruzaron con los de la niña que, de la mano de su madre lo observaba absorta, una vez que él le había obsequiado con un ejemplar antiguo de *La vuelta al mundo en ochenta días*. Simón decidió declinar la propuesta de sus anfitriones.

—No. Muy agradecido. Acompañaré a mis amigas a su casa. Se lo debo.

Y sonrió a Rebeca guiñándole el ojo.

Guiñar el ojo es tender un puente. Guiñar un ojo a una niña de diez años es decirle «tranquila, hoy puedes contar conmigo». Guiñar un ojo es resumir en un gesto un discurso de buenas intenciones, si el guiño va prologado de una franca sonrisa y una caída de hombros. Guiñar un ojo es bailar sobre los charcos del parque.

Rebeca en el Antiguo Testamento

*Rebeca, Rebekah o Rivka (רִבְקָה, en hebreo están-
dar Rivqa) fue la matriarca bíblica, mujer de Isaac,
cuya historia se recoge en el Génesis. Madre de los ge-
melos Esaú y Jacob, era nieta del hermano de Abraham, Nahor, en Mesopotamia. Abraham envió al jefe
de sus sirvientes con el objetivo de encontrar una mujer para su hijo que no fuera cananea. El criado, im-
presionado por la amabilidad de Rebeca y la buena situación de su familia, la escogió y se la llevó para
desposarla con Isaac. La primera vez que Rebeca vio a
Isaac se enamoró y tan impactada quedó, que se cayó
del camello.*

14

En la playa. Veintiocho de diciembre,
por la mañana: conoce a Eme

No sé no escribir, igual que tú deberías no saber vivir en un espacio insulso.

Los siguientes días fueron de avanzar en la novela, a sabiendas de que necesitaba dos elementos para que sus páginas recobraran el rumbo. Uno, conocer el nombre de la joven de la playa. Otro, saber qué sería de Rebeca. Decidió acabar el capítulo y, a las nueve, bajar a la arena a ver si se encontraba con la joven.

A Luz ya la llamaría otro rato.

El comisario Larraskitu observaba sobre su mesa más carpetas de las que podría gestionar aunque no hubiera ni un solo delito en su zona en los próximos quince años. El caso le estaba empezando a superar. La prensa había filtrado detalles escabrosos y desde la Consejería de Interior le presionaban para que comenzara a haber detenciones.

Era un hombre experimentado y cabal, pero empezaba a perder los nervios.

Hacía dos días había recibido una llamada conminándole a obtener conclusiones y tenía a todo su equipo centrado en los asesinatos sin saber ni hacia dónde tirar ni en dónde buscar. Cada muerto era una isla, sin datos ni rutinas que lo relacionasen con el resto, salvo la puñetera coincidencia de los años.

Se levantó, miró por la ventana de su despacho y sonrió pensando que, al menos, tenía vistas hacia un jardín.

—Aquí el que no se consuela es porque no quiere.

—¿Huellas? —preguntó Rebeca a su tío, a sabiendas de que el sargento Mielgo escuchaba. La comisaría estaba atestada de agentes pendientes de sus ordenadores, pero Mielgo desplegó su antena y atendió a los Leeman.

—Nada. Usa guantes. Es alguien experto. No hay ni un indicio, ni un rastro, ni una fibra. A veces, en otros casos, quedan pelos o restos de ropa. Nada. Es un trabajo impecable. Ya te dije que los escenarios quedan impolutos.

—¿Algún supuesto? ¿Alguna idea?

—Nada, Rebeca.

—¿Y Larraskitu qué dice, tío?

—Larraskitu es una tumba —confesó mirando abiertamente a Mielgo—. Y ahora que es consciente de que mi sobrina anda conmigo, más.

—¿Crees que sabe por dónde llevar la investigación?

—Siempre lo ha sabido. Seguro que tiene pistas. Es perro viejo.

—¿Y tú qué opinas, tío?

—Yo no estoy seguro de nada. La prensa empieza a impacientarse, y es lógico. Incluso se hablaba de hacer patrullas o de contratar seguridad privada para algunas urbanizaciones de la costa. Ayer hubo una concentración de vecinos pidiendo que se encuentre al culpable. ¡Como si no fuera la Ertzaintza la primera interesada en anotarse el punto! ¿Verdad, Mielgo?

Mielgo disimuló.

—¡Lo que faltaba! —replicó Rebeca—. ¡Patrullas vecinales!

—Lo del pintor les ha calado. Era un tipo muy conocido en la zona.

—Larraskitu dará con algo tarde o temprano —intervino finalmente Mielgo.

—Seguro que tiene pistas, pero no suelta prenda, el muy cabrón.

—Si mi padre te oyera hablar así... —sonrió Rebeca.

—Si tu padre supiera en qué andas metida... —rio el viejo forense.

Por fin, aquel veintiocho de diciembre ella apareció nuevamente llegando desde el aparcamiento público. Simón no pudo disimular su alegría y en cuanto la vio, pensó de qué manera podía prolongar el rato juntos. No estaba enamorado (¡por favor, él jamás se enamoraba!), ni necesitado, ni ansioso. Quizás fuera simple curiosidad o quizás sencillamente se sentía con ganas de hablar con alguien.

De repente, se dio cuenta de que la última mujer desconocida con la que había hablado, además de las que le pedían autógrafos o las que le asaltaban en las librerías, había sido la actriz Leyre Berrocal en la ceremonia de los Goya. Se preguntó qué sería de ella y si debería intentar localizarla para saludarla. Descartó la idea. Era absurdo. Leyre Berrocal ni se acordaría de él.

—Feliz Día de los Inocentes.

—¿Cómo?

—Hoy es veintiocho de diciembre. Feliz Día de los Inocentes.

La muchacha, en efecto, se parecía a la actriz. Probablemente en nada. Ni en la boca, ni en los ojos, ni en el pelo, ni en la complexión. Quizás el único parecido era que las dos mujeres se habían atrevido a atravesar su muro de defensa, como hizo Luz en Buenos Aires un día.

—No me había dado cuenta.

—Te he mandado un *e-mail*.

—¿Me has mandado un *e-mail*? —Simón se sonrojó.

—Sí, a ti. Te he reconocido. Eres Simón Lugar, el escritor. Pensaba que eras más joven. En las fotos de tus libros y en el de la página web oficial pareces más joven. Te quiere bien el Photoshop.

—¿Me has reconocido?

—¿Por qué repites todo lo que te digo?

—¿Lo hago?

—¿Ves? ¡Eres un caso!

Callaron. Ella vestía su ropa habitual, aunque complementaba su atuendo con un gorro de gruesos nudos de lana que le tapaba la frente hasta los ojos.

—Puedes llamarme Eme.

—¿Eme?

—Sí. Así sabremos nuestros nombres. Yo sé que eres Simón Lugar, el novelista. El otro día me dijiste que eras escritor pero no me dijiste tu nombre. Te he buscado. Me he enterado de muchas cosas sobre ti en Wikipedia y estudiando tu página. ¿El Facebook lo mantienes tú? Yo creo que no. Es evidente que quien escribe es alguien a sueldo. Tú escribes distinto.

—¿Me has leído?

—¿Te gustaría que te dijera que sí?

—Sí.

La vanidad habría que unirla al desprendimiento, la exploración y la melancolía.

—No necesitas que alguien como yo te lea. He visto que eres muy famoso y que debes de ser rico.

—¡Te pillé! Si dices que no me has leído... ¿por qué dices que mi Facebook no lo mantengo yo y que se nota que lo lleva alguien porque yo escribo distinto?

—Yo no he dicho que no te haya leído. Te he dicho que no necesitas que alguien como yo te lea.

—¿Y qué has leído mío? ¿Qué novela?

La vanidad es capaz de dibujar una sonrisa incluso en el rostro más ajado.

—Nada.

—Entonces... ¿cómo sabes que escribo distinto a mi *community manager*?

—Porque alguien como tú, que tira palos al mar y viste así y pasea por la playa y habla con alguien como yo no puede escribir tan mal como tu *community manager*.

—¡Ja, ja, ja! ¿Escribe mal mi *community manager*? Hablaré con la editorial. ¡Ja, ja, ja! Se supone que soy yo...

—¿Y por qué no escribes tú? Es tu Facebook.

—No me gusta.

—Pues no lo mantengas. Nadie te obliga a mantener un Facebook.

—Supongo que no. Tienes razón. Digamos que es conveniente.

—¿Realmente crees que venderías menos sin un perfil de Facebook?

—Realmente no lo sé.

El mar aderezaba su conversación con borbotones de espuma más allá de las rocas del acantilado, convirtiendo la mañana en un muestrario de gotas blancas que caían como lluvia después de elevarse bravamente desde la superficie. Los dos permanecieron un instante extasiados por las cortinas de salitre y permitieron que el sabor del océano penetrara en sus cuerpos pese al frío.

Por fin, Simón habló.

—¿Qué clase de nombre es Eme?

—Mi nombre.

—¿Eme de... Martina, Miren, María?

—Eme.

—¿Micaela? ¿Manuela? ¿Miriam?

—¡Qué científico eres! No me extraña que abandonaras la poesía. Lo he sabido buscando en un foro. Dejaste de escribir poesía hace años.

—Dejé de publicarla. No se puede dejar de ser poeta.

—¿Aún la escribes? Me extraña. Eres un cuadriculado y no se puede ser cuadriculado y poeta.

—¿Soy cuadriculado porque quiero saber a qué responde lo de Eme? Solo pretendía saber tu nombre.

—Eres cuadriculado porque todos los días bajas a la playa a la misma hora. Y porque abres las persianas hasta la misma altura. Y porque tus libros son perfectos y encantan a la crítica.

—Entonces... ¿sí los has leído?

—Cuadriculado y arrogante. ¡Ja, ja, ja! ¿Hoy no tiramos palos? ¡Ven, corre! ¡Allí hay uno enorme! ¡Podemos lanzarlo entre los dos!

Corrieron torpemente unos metros sobre la arena y agarraron un pesado tronco casi cilíndrico, traído por la marea de la noche y depositado como un cadáver a poca distancia del rompiente. Se agacharon y lo alzaron. Él pretendió que las manos volvieran a juntarse para saber si la piel de Eme seguía siendo de seda, pero no lo consiguió y se sintió defraudado y patético al mismo tiempo.

Mientras ellos izaban el trofeo y lo arrojaban a las olas, Rebeca discutía con su tío sobre el cariz que tomaba el caso de los asesinatos. Para un escritor, es imposible cerrar el compartimento de la cabeza en el que reside la historia que está creando.

Para un escritor es imposible echar la persiana del negocio.

Un escritor mantiene a sus personajes en el pecho, que es el lugar donde viven después de haber nacido en la cabeza, a la espera de que los dedos sigan construyendo sus vidas en el papel.

¿O quizás nacen ahí mismo, en el pecho?

Lo cierto es que Simón, pese a la alegría que le suponía compartir aquellos momentos con Eme, no podía evitar seguir pensando en su novela, en Rebeca Leeman, en el tío Enrique, en los muertos desparramados capítulo a capítulo.

El tronco iba y venía apenas dos metros en el mar, sacudido con violencia por la fuerza de una masa de agua para la que aquella pieza no era sino una mota.

—Tengo que volver a trabajar —dijo Simón. Al instante de pronunciar la frase, se arrepintió de haberla dicho. Estaba a gusto allí, a pesar del frío y del agua pulverizada.

—No es verdad. No tienes nada mejor que hacer.

—Sí. Escribir.

—¿Nunca descansas?

—No sé no escribir.

—¡Ja! —exclamó Eme agarrándolo del brazo. Aquel gesto le originó una doble emoción: por una parte, la tirantez lógica provocada por el hecho de que alguien invadiera su espacio y llegara al contacto físico; por otra, la confortabilidad de que Eme se atreviera a hacerlo—. ¡Esa frase la has dicho tantas veces que ya no tiene sentido!

—¿Por qué piensas eso?

—Te he espiado.

—¿Y?

—¡Mírate! ¡Eres un aburrido! Deberías escribir poesía.

—Debería, sí. Tal vez.

—Seguiré espiándote.

Rebeca disfrutaba espiando. Encontrar un dato, una pista, algo que estuviera al alcance de todos pero que solo ella captaba era un estallido de placer similar al de comprarse un objeto singular en un anticuario de Arlés o hacer descorchar una botella de buen vino en un restaurante de Altea.

Exploraba por internet en busca del dato con el que un artículo suyo adquiriera categoría de reportaje, observaba las fotografías intentando adivinar tal o cual matiz, y miraba por la ventana imaginando que alguien, algún día, sería sorprendido en un desliz.

Pero los muertos eran otra cosa. Allí no había fantasías que hilar, sino cadáveres reales, seres humanos ciertos, que habían dejado de existir porque otra persona los había asesinado. Allí no había juegos de diseñadora, artificios de redactora de una revista de decoración, sino personas de carne y hueso a quienes otra persona de carne y hueso les había arrebatado el aliento.

¿Serían capaces de encontrar al asesino? ¿Debía temer? ¿Estaba llevando demasiado lejos sus propósitos?

No había espionaje que valiera. Se trataba de una investigación policial, no de un juego.

¿Y si Larraskitu estaba cerca del desenlace?

Y llegó la cena de Navidad. Los asesinatos se habían perdido en el limbo de las noticias dramáticas que duran dos semanas en cartel y, una vez que los medios de comunicación dejaron de prestarles atención, parecía que nunca habían sucedido. Hasta que nos alcanzó el drama. Los dramas.

El primero de ellos era habitual, rutinario. En cierta manera, todos esperábamos el drama anual de la velada. La tata Carmen había preparado una cena exquisita que mis hermanos se empeñarían en arruinar cuando se enzarzaran en una discusión sobre cualquier asunto, algo que sucedió. En aquella ocasión fueron los bonos basura. Mi padre, cumpliendo su papel de anfitrión, se ocupó de echar leña al fuego y aseguró que en sus años jóvenes, cuando levantaba el emporio Leeman, no existía tanta ingeniería financiera para favorecer a los especuladores. Mis cuñadas tomaron partido, como no podía ser de otra forma, cada una por la postura de quien no era su marido.

El segundo drama fue el ataque de asma de mi hermana pequeña. Padecía esta enfermedad desde niña y obligaba a la tata Carmen a esmerar la limpieza de la casa, pese a lo cual, de cuando en cuando, sufría crisis como la de aquella noche. Todo quedó en susto y a mi padre no se le ocurrió otra cosa que comentar que seguramente se debía a que quería llamar la atención o a que la tata Carmen no había limpiado bien por la mañana, atareada con el menú de la cena.

En el momento de los turrones, el ambiente estaba tan caldeado que habríamos podido flambear cualquier cosa con solo ponerla sobre el mantel, lo cual me llevó a acordarme de la crema catalana y del acto de rebanar un cuello.

El móvil dio paso al siguiente drama. Era el tío Enrique.

—¡Pero qué dices! —grité.

Mis hermanos callaron. Mis cuñadas interrumpieron sus conversaciones. Hasta mi hermana se asomó desde su cuarto con el inhalador en la mano. Mi padre me observó severo (tenía prohibidos los teléfonos a la mesa) y preguntó a ver qué sucedía.

—Es el tío. Han encontrado otro cadáver.

El guirlache era tan tradicional en mi casa como el enorme abeto, natural por supuesto, y el Nacimiento con figuras de medio metro que se colocaba en el vestíbulo.

Derivado probablemente de los turrones, que tienen un origen árabe, también proviene de la Edad Media y a mí siempre me ha recordado al *nougat* provenzal, realizado con nueces o almendras y generosas cantidades de miel. De hecho, el término guirlache proviene del francés *grillage*, que significa «tostado».

Romperlo en la boca es como masticar hueso. Al menos, eso pensé al ver las fotos del cadáver que me ofrecía mi tío, en la biblioteca de la casa de mi padre, con este claramente ofendido porque su hermano forense arruinara la cena con la grosería de enseñarme unas instantáneas.

—Financiero. Soltero. Le han machacado los huesos.

—Habrá sido impresionante examinarlo en el escenario del crimen.

—Lo encontraron en su garaje. No fue nada agradable de ver. Hasta Larraskitu estaba conmovido. Fue él quien me prohibió expresamente que te avisara. Empieza a estar harto. Hay que tener cuidado.

—¿Crees que hay caso? ¿Se piensa ya que las muertes están relacionadas?

—Se ve sin duda. Y Larraskitu también lo ve. A este lo han machacado, nunca mejor dicho. Por debajo de los moretones solamente hay huesos rotos. Pero no debieron de usar una maza o un martillo; he comprobado que las marcas son más concisas, más pequeñas. ¿Sabes lo que pienso? Quizás le apalearan con una barra de hierro. Se sabrá en cuanto analice los restos en la piel. Larraskitu me ha pedido que me dé prisa; le trae sin cuidado que sea Navidad.

—¡Dios!

—Laceraciones en el pecho: marcas de botas. Larraskitu ha comprobado que alguien se subió sobre él y le golpeó hasta romperle cada hueso. Si no murió en los primeros estacazos, debió de ser horrible. Le estallaron los ojos en sus cuencas. Lo curioso es que no opusiera resistencia. Ninguna víctima la opuso. Larraskitu opina que los durmieron antes de acabar con ellos. Me ha pedido que encuentre alguna droga en su sangre.

—¿Cuándo lo sabrás?

—Estos días de fiestas son muy malos.

Me quedé mirando las fotografías. Resultaban espeluznantes. En cierta medida, observaba a mi tío y me preguntaba qué podía llevar a un hombre a querer abandonar la confortabilidad de un apellido para convertirse en forense.

—¿Cuarenta y cuatro años?

—Exacto, Rebequita.

Odiaba que me llamaran Rebequita.

Nada más llegar a casa después de estar con Eme, sin siquiera quitarse los zapatos de goma y el habitual grueso impermeable, Simón abrió el correo electrónico y lo releyó una veintena de veces. Le molestaban las abreviaturas, pero comprendía que lo importante en aquellas líneas era el fondo y no la forma. O, más aún, la motivación de Eme para escribirle.

De: eme@gmail.com

Para: simonlugar@simonlugar.es

Asunto: palabras a un escritor

Hola, Simón. Seguro q no esperas mi e-mail. Te he espiado. No sabía que eras un tío tan importante. Me pareció reconocerte el otro día, pero no pq haya leído ningún libro tuyo sino por una foto enorme q pusieron una vez en la fachada del Museo de Bellas Artes. Me sonabas. La verdad es q en aquella foto estabas más joven y más arreglado pero a mí me gustas más así, en la playa, como eres tú de verdad.

Nunca había escrito a un escritor, así q no sé q se escribe a un escritor. Me imagino que la gente te escribe para decirte q les ha gustado tu novela o q quieren q les firmes un libro o algo así. Yo como no he leído nada tuyo no puedo decirte si me gusta o no. Tendré q leerte ahora q somos vecinos de playa, pero te voy a confesar una cosa: me daría rabia leer una novela tuya pq ya la han leído miles de personas y entonces es como q no es mía sino de otros miles de personas a la vez, ¿me entiendes?

Sería genial un escritor q escribiera un libro para cada uno de sus lectores. Menudo rollo te he metido.

Y si no te leo, no te enfades y sigue tirando palos al mar. Me gusta cuando tiras palos al mar pq te cambia la cara y creo que sonríes.

Eme

PD: un consejo: no te dejes vencer por la búsqueda de la perfección. Escribe sin que te dicte la forma.

En realidad no decía nada. O sí, decía que le cambiaba la cara cuando tiraba palos. Y que sonreía. Tomó conciencia de lo poco que sonreía habitualmente, y se avergonzó de ello. Prometió a su rostro en penumbra, reflejado como un fantasma en la pantalla del ordenador, que sonreiría más, al menos delante de Eme.

¿De verdad era importante el fondo y no la forma? ¿No militaba él la forma como expresión? Si no, cualquiera con una idea podría hacer una novela, y, sin embargo, pocos se atrevían. Pocos se sentían con la audacia suficiente, pero no por ausencia de ideas sino por dificultades a la hora de dar forma a esa idea. La forma, la forma... ¡La maldita forma de su nueva novela! ¿Realmente no funcionaba? ¿Realmente la idea era aceptable y lo que le fallaba era la estructura? ¿Resultaba inevitable tropezarse una y otra vez, una y otra vez, en la diabólica reflexión acerca de la forma?

La forma le aprisionaba. Tenía la mandíbula tensa y cargazón en los hombros. Vivía encorsetado por la necesidad de lograr una forma que gustara a Úrsula Fibonna. Se veía sepultado por la forma, condicionado por ella. Tensó las manos, se echó hacia atrás sobre el respaldo. Le habría gustado dar un puñetazo a la pantalla del ordenador.

Era un imbécil y vanidoso petulante egocéntrico.

La forma. ¿Cómo había podido llegar a colapsarse de aquella manera? ¡Él, que dominaba el mercado y tenía la varita mágica del éxito! ¡Él, que ofrecía charlas y clases magistrales!

¿No debería centrarse en la historia y olvidarse de la estructura, de la forma? Forma...

¡Era un cretino! ¡Un inseguro! ¡Un puto fraude!

De un manotazo, hizo que el tarro con los lápices saliera volando y se estrellara contra un cuadro, que cayó al suelo rompiéndosele el marco. Después, los bolígrafos. Tiró el flexo y volcó la silla. Lanzó los cojines del sofá y arremetió a puñetazos con uno de ellos. Por último, agarró el manuscrito de lo que llevaba hecho, elevó los folios sobre su cabeza y los arrojó con furia contra la pared.

¡No era escultor! ¡Era escritor! ¡Era escritor, por Dios! ¿Por qué vivir siempre pendiente de la forma correcta, de la estructura acertada, de la columna vertebral de sus novelas, en lugar de vivir con plenitud la idea? ¿Por qué ser tan jodidamente bueno creando libros que enganchaban a la gente?

Salió a las escaleras, bajó al portal, sintió el frío aterrador en sus pies descalzos, la aspereza del cemento, el dolor producido por las rugosidades en sus plantas. Avanzó hasta la portezuela de la urbanización, la abrió con violencia, miró atrás, recolocó los tiestos en dos hileras simétricas, harto de que en una fila hubiera diecinueve y en otra diecisiete, los miró, los contó, los tiró al suelo uno a uno produciendo un estallido de cerámica y tierra, desanduvo lo andado y alcanzó la rampa hasta la arena. Caminó por ella con paso decidido y llegó al borde del agua, oscura, siniestra, atractiva y perversa.

¿Y si se suicidaba? Muchos escritores lo habían hecho antes que él en la Historia. Suicidarse, ahogarse, dejar que el océano le arrastrara y asumir que era un novelista acabado, enfangado en su propio éxito, vencido por su incapacidad de emocionarse.

¡Forma! ¡Estructura! ¡Veracidad! ¡Gilipolleces! ¡Corsés! ¡Autolimitaciones!

Dejarse vapulear por las olas sin ofrecer batalla. Permitir que faltara el oxígeno y encharcar sus pulmones de la inmensidad del mar. Morir en su playa, solo, como se merecía. Reconocer que sus ventas habían matado al creador.

El suicidio dulce de los poetas. ¿Dulce? El suicidio eficaz para las biografías de los autores. Un suicidio romántico. La muerte como estrategia, como punto de inflexión. No tanto liberarse como desatascarse. Úrsula Fibonna se enfadaría por no haber concluido su novela, organizaría unos funerales y una campaña de promoción sin precedentes, conseguiría que Simón Lugar fuera cabecera en todas las revistas, todos los diarios, todas las tertulias. Luego mandaría terminar el libro para decir que sí estaba terminado por él y lo publicaría sin reparos. Sería su mejor historia, la novela perfecta, la obra definitiva. Y él, aunque muerto, habría logrado desbloquearla.

Morir es, a veces, simplemente trascender de golpe. ¿Y si se metía en el mar sin ofrecer resistencia? ¿Y si permitía que las olas hicieran el trabajo que sus musas no habían logrado?

Veía murallones de espuma saltando en añicos contra las rocas, un manto de tornasoles grisáceos subiendo y bajando al compás de un latido oceánico arcaico, una cantidad suficiente de agua siniestra capaz de redimir sus limitaciones y liberarle de la falta de inspiración.

¡Eso era! ¡Eso era todo! ¡Había perdido la inspiración!

¿Suicidarse? ¿Qué estupidez era aquella? ¡Nadie piensa en suicidarse antes de hacerlo! La gente se desespera, se pierde y se suicida; no reflexiona sobre el suicidio y sus consecuencias. ¡Mucho menos Simón Lugar! No tenía coraje para hacerlo. ¡Qué hacerlo! Ni siquiera para pensar en serio sobre esa posibilidad.

Cuando regresó abatido a casa, incapaz siquiera de haberse acercado a la orilla, Rebeca apareció en su mente desde algún punto en el infinito y le recriminó que pensara en aquellas cosas: debía acabar su obra y debía acabarla cuanto antes. Menos mal que Eme no le había visto hacer el ridículo.

Rebeca bajó al trastero y dejó junto a la pistola de clavos una barra de hierro.

15

Buenos Aires. Las dos hermanas se preparan

Tienes que prepararte siempre como si fueras a triunfar. Solo así triunfarás de verdad. De igual manera, has de mantener tu casa como si el mismísimo director de estilo de *Vogue* fuera a visitarte, como si tuvieras que pasar un examen, como si fuera la última vez que vas a ver tus paredes.

—Mejor —dijo—. Puede que esto sea lo mejor. Y si no, se verá. Lo último que quiero, hermanita, es pensar que en cualquier esquina de cualquier cuadra va a aparecer un tipejo con una navaja a saldarnos las cuentas. Hay que pasar el juicio y demostrar que es todo mentira, que la nena miente, que los nenes mienten, que todo el maldito mundo miente, y que estamos limpias de polvo y paja. Y entonces yo sola me encargaré de ponerme cara a cara con la madre y mandarla al carajo y le meteré tanto miedo en el cuerpo que se le quitarán las ganas a la muy hija de puta de volver a meterse con nosotras.

—Yo a la cárcel no vuelvo. Antes te mato a vos y luego me quito la vida.

16

En la playa.
Veintiocho de diciembre, por la tarde

Doce meses pueden ser doce plazos perfectos para redecorar tu casa. Plantéatelo así. En enero, los cojines. En febrero, los cuadros. En marzo, el menaje. En abril, la ropa de cama... Márcate tu hoja de ruta y, con una inversión mínima de dinero, podrás hacer de tu hogar un hogar diferente.

Hay héroes anónimos a cada paso, en cada esquina. No llevan capas de colores ni máscaras ni calzones fosforescentes. Tampoco conducen coches extravagantes. Trabajan en oficinas impersonales, en furgonetas de reparto, en salas de ambulatorio y en los pasillos de los colegios. Son amas de casa, juezas, maestras y operadoras de teléfono. Tienen hijos e hijas, los crían, los ven marchar. Son operarios, redactores, coleccionistas de lo absurdo, embajadores. Son seres humanos sin signos mesiánicos al nacer. Son cualquiera y su proeza es la supervivencia y la supervivencia de la especie pero, en ocasiones, juegan con los mimbres de la existencia y salvan a otro ser humano hasta ese instante desconocido. Actúan irracionalmente, quizás bajo el empuje de una fuerza superior que nos lleva, a todos, a ser personas más dignas. No hay afán de notoriedad ni la esperanza de una recompensa sino, muy al contrario, la comodidad del anonimato.

Sonó el teléfono. Era la directora del grupo editorial. Rebeca sabía que tarde o temprano le tocaría mantener aquella conversación.

—¿Sí?

—Rebeca, cariño. Soy yo.

—Sé la razón de tu llamada.

—Entonces, nos ahorraremos preámbulos. ¿Desde cuándo en nuestra revista hablamos en ese tono? ¿Qué es eso de «Márcate tu hoja de ruta y, con una inversión mínima de dinero, podrás hacer de tu hogar un hogar diferente»? ¿«Con una inversión mínima»? Nuestras lectoras son especiales, nuestros patrocinadores son empresas de alta gama. La gente que nos lee aspira a tener una vida como la de los diseñadores, arquitectos y artistas que salen en nuestras páginas. A ver... *Arquitectura Exclusiva* es una publicación cara para personas que están dispuestas a gastarse cantidades obscenas de dinero en sus compras. ¿Tengo que recordarte que tu padre es uno de nuestros principales mecenas? Mírate, Rebeca. Estás perdiendo concentración. No te olvides de para quién escribes. Ya sé que estás pendiente de hacer una novela, me han llegado rumores. Y me parece bien. Pero que eso no te conduzca a perder el rumbo, cariño. Haz una novela si quieres. Incluso después la promocionamos en cualquiera de nuestras publicaciones, siempre y cuando no hagas un bodrio policial, claro. Haz una novela preciosa y romántica y conseguiremos que te la prologue cualquier *celebrity*, pero que haya *glamour*, diseño y gente guapa. Por favor, cariño, no vuelvas a hablar de baja inversión o bajo coste o bajo presupuesto. Rebeca, cielo, te lo digo por ti. Vuelve a concentrarte, vuelve a ser la estupenda redactora que todos queríamos. No imprimimos para mediocres sino para VIPs. Que no se te olvide.

No se atrevía a llamar a Argentina. Coger el teléfono era asumir la ausencia. Coger el teléfono era saber que Rebeca crecía ajena a él. Coger el teléfono era enfrentarse a su caridad. Algo tan sencillo, tan absurdo, tan heroico.

No se atrevía. Plantarse con cobardía delante de la historia personal de Rebeca, volver a conocer los pliegues de su existencia, sumergirse en la miseria que las envolvía. Tomar conciencia de su quebranto, asumir la rendición ante una criatura indefensa...

Pero se decidió. Alargó la mano hasta el teléfono. Era veintiocho de diciembre y todo era posible en un veintiocho de diciembre. Buscó el número en la agenda y pulsó la tecla verde. Mientras conseguía establecer llamada, apuró su vaso de ginebra sin tónica.

Beeeep.

Eme le había dicho que le espiaba. Era una sensación agridulce.

Beeeep.

Eme le había soltado el brazo y se había despedido de él hasta la mañana siguiente. Él no había tenido reflejos para más y la vio alejarse, correteando sobre la arena.

Beeeep.

Rebeca seguía sin salir de su cabeza. ¿Cómo se le había ocurrido poner el nombre de Rebeca a su personaje? Luz no se lo perdonaría. No le perdonaría *aquella* Rebeca de la novela negra.

Ha sido imposible establecer comunicación. El número al que llama está apagado o fuera de cobertura.

«Mejor», pensó.

Dejó el aparato y se arrastró hasta la cocina, en donde preparó unos macarrones con la última bolsa que le quedaba. Se dio cuenta de que tendría que volver nuevamente al pueblo, a hacer la compra. La idea le producía tanta ansiedad como el hecho de tener la certeza de que Rebeca no sabía de él.

Pasó varias horas enfrascado en la lectura de lo que había redactado a lo largo de los últimos días. A veces se sentía en la necesidad de hacer un parón y releer con frecuencia para felicitarse por el camino andado y, muy de cuando en cuando, para modificar algún párrafo o perfilar algún diálogo. Era un escritor eficiente y hacía tiempo que había aprendido a avanzar sin demasiados titubeos: la idea surgía, inmediatamente trazaba un hilo conductor, pergeñaba unos personajes y decidía la atmósfera a perseguir. A partir de ahí todo fluía desde algún inexplicable rincón de su cerebro, llegaba a sus dedos y alcanzaba la palabra mediante la magia de la informática.

Pero no era así con la historia de Rebeca. Fuera por la razón que fuera, aquella historia se estaba empantanando, no tanto en sus folios como en su pecho.

El escritor siempre sufre de dolor de pecho.

Mis tres mesas seguían desarrollos divergentes. Mientras que en la de *Arquitectura Exclusiva* se me acumulaban temas a los que debía dar forma para enviar a mi jefa, en la de la novela no existía cambio alguno. A veces la miraba y me preguntaba si sería capaz de hilar trescientas páginas seguidas y si aquella locura de querer convertirme en escritora no empezaba a superarme. De hecho, me asaltaban en pesadillas las visiones de los asesinados, sin que eso me llevara a avanzar ni una línea en mi historia. Y mientras, la mesa de en medio, la de las fotos de los crímenes, aumentaba con nuevas instantáneas que me proporcionaba mi tío Enrique y que yo observaba hora tras hora. Solo el libro me salvaría.

Me arrojé al sofá, descorrí las cortinas y me serví un *gin-tonic* para contemplar las últimas luces sobre los acantilados. El mar se iba convirtiendo en una sábana de raso gris mientras las nubes, caprichosas y volubles, adoptaban extrañas formas sobre la línea del horizonte, más allá del borde de la tierra firme.

Suspiré y sonreí. Nada podía enturbiar aquel momento.

Mi casa no era una de esas viviendas unifamiliares

que algunos privilegiados tienen la fortuna de disfrutar en enclaves singulares, de una sola planta y apariencia frágil. La mía era una robusta construcción de hormigón y madera, de tres pisos, con enormes ventanales hacia la costa y discretas ventanas hacia el carretil de acceso, entre las playas de Barrika y Atxabiribil. Vivíamos seis vecinos, dos de los cuales se pasaban el año viajando. La compró mi padre en los sesenta como apartamento para fines de semana, a pesar de estar muy cerca de Bilbao, y yo, cuando la recibí como regalo de graduación, me preocupé de darle un estilo contemporáneo, a la vez que cálido y confortable, cerrando el balcón y pintando la carpintería de blanco, muy al estilo de los Hamptons.

Con el segundo *gin-tonic*, me eché una ligera manta por encima y salí a la galería. La noche se había instalado sobre las apacibles colinas. Me sentía relajada y decidí que aquella noche cenaría en casa, con lo que hubiera por la despensa.

Pero sonó el teléfono.

—El comisario Larraskitu ha aparecido muerto.

—Muerto —repetí casi sin mover los labios.

—Como lo oyes.

—¿Qué se sabe?

—Sencillo, Rebeca. Se lo han llevado por delante cuando andaba en bici.

—¿Creen que ha sido un accidente?

—Está claro que no. Era un ciclista experimentado.

—Tío, muchos ciclistas experimentados acaban bajo unas ruedas, atropellados. ¿La Policía imagina que es un crimen?

—Por las huellas, se ve que el coche venía de frente, giró con brusquedad y lo embistió. Luego se dio a la fuga. Estoy seguro de que iban a por él. Debía de tratarse de un vehículo grande, quizás un cuatro por cuatro. Tenía la cara totalmente desfigurada, con las marcas de los neumáticos incrustadas. Le aplastaron el cráneo.

—¿Quizás alguien que pensaba que se estaba acercando a algún sospechoso?

—Tal vez. Pero te voy a decir una cosa, sobrina. Te convendría quedarte al margen una temporada. ¿Por qué no escribes una novela histórica o un culebrón romántico y das por zanjado el tema?

¿Por qué no volver a la novela histórica? A Úrsula le encantaría. Con la novela histórica había sido reconocido y bendecido. ¿Por qué se había metido en el enredo de contar la historia de Rebeca cuando en realidad Rebeca era un capítulo sin cerrar en su propia vida? ¿Por qué Rebeca? ¿Por qué diablos no conseguía quitarse a Rebeca de encima ni siquiera después de haber triunfado con su novela anterior? ¿Qué necesidad tenía él de cambiar de registro y arriesgarse de aquella manera? ¿Qué le diría Luz de todo aquello?

Tosió. Desde el patético capítulo de su arrebato de furia y su zambullida, arrastraba un severo enfriamiento. Se enjugó varias veces la nariz y se levantó de la mesa, miró por la ventana y pensó en Eme. Acababa de tomar una decisión: imprimiría la novela desde el principio y se la daría a ella. ¡Quién mejor que ella, lectora virgen, para juzgarla!

Con urgencia, se enfundó el impermeable, comprobó que las llaves del coche estaban en el bolsillo y bajó atropelladamente las escaleras hasta el garaje. Arrancó el BMW a la segunda y condujo rápidamente hacia el pueblo. Llegó en un santiamén, aparcó en doble fila y entró en una librería, donde adquirió dos paquetes de folios.

Con ellos de vuelta a la playa, conduciendo a mucha más velocidad de lo que aconsejaba aquella estrecha calle, se saltó un STOP.

El choque contra el otro vehículo sonó a chapa, a motor revolucionado y a cristales rotos. El grito de Simón se ahogó en el infinito cosmos del golpe, como una gota de lluvia diluida en el mar.

17

Buenos Aires.
Los días siguientes a conocer
a Luz y a Rebeca

Haz de cualquier espacio de tu casa un lugar para trabajar. Ya está bien de mendigar rincones. Una esquina de tu salón puede ser, con un par de muebles y una buena decoración, una oficina doméstica. También la cocina. O tu habitación, por qué no.

Simón había desarrollado una extraña habilidad para escribir casi en cualquier sitio cuando la inspiración le desbordaba el pecho. Sí es cierto que prefería el orden, la limpieza, la calidez de su propio apartamento, con los lápices bien clasificados, los bolígrafos donde correspondía y las gomas de borrar, en cajitas. Pero podía con todo. Hacía de tripas, corazón. Un banco en una estación de tren, aunque cada vez usaba menos aquel transporte, un asiento en una terminal de aeropuerto, una mesa en un café, una sombra bajo un árbol.

Si la letra empuja, hasta el mayor de los maniacos compulsivos se doblega.

Los días siguientes de conocer a Luz y a Rebeca escribió con la urgencia de quien quiere terminar una novela. Acumulaba notas, folios, apuntes e ideas que durante el día intentaba hilar y durante la noche le quitaban el sueño. *Las otras voces lentas* se había convertido en un lastre que le impedía comenzar otra historia.

Visitaba el mueble bar de su habitación y luchaba contra la tentación de ahogar el delirio con el alcohol, rindiéndose luego a la sintaxis y dejándose embriagar por ella.

Visitaba a Luz y hacía por ver a Rebeca porque Rebeca, de repente, sin haberlo calculado, sin preverlo, sin buscarlo, se había convertido en la razón para prolongar su estancia en Buenos Aires. No Luz y su ingenua belleza; no sus modales ni sus atenciones ni su forma de servirle en el bar; no su gracilidad ni la coleta que se plantaba y que le dejaba la nuca al descubierto. Ni siquiera su gusto por la poesía y sus referencias a Benedetti. Nada de aquello. No existía nada de lo que habría sido convencional. Al contrario, era la niña.

De: simonlugar@simonlugar.es

Para: direccion@al_ursulafibonna.es

Asunto: buenos aires

Querida Úrsula:

Mis días en Buenos Aires son provechosos y productivos. Estuve con el comisario del cual me conseguiste el contacto y algo saqué de él, aunque de donde más estoy sacando es de hablar con la gente de Merlo. Está resultando una experiencia muy enriquecedora. Tanto es así que creo que voy a empezar una novela nueva. De hecho, creo que ya la he empezado.

No te pongas nerviosa. *Las otras voces lentas* avanza bien.

He conocido a una mujer. No. No es lo que piensas. Vive sola con su hija. Son humildes, apenas llegan a fin de mes, pero simpáticas y dulces. Iba a dar orden a mi banco para que les hagan una transferencia, pero es un lío, así que he pensado que podrías hablar con tu delegación en Uruguay a ver si se puede hacer algo para hacerme llegar efectivo. Nunca me he defendido en estos asuntos, ya sabes. Si te parece, te llamo mañana y lo tienes ya pensado, a ver qué tengo que hacer.

Por lo demás, decirte que en La Guarida me trataron muy bien y que podríamos tenerla en cuenta para algún acto mío en esta ciudad.

Cuídate.

Simón

Rebeca escuchaba las conversaciones de su madre y del escritor, levantando a veces la vista del libro que le regaló este en La Guarida, y que tenía a punto de acabar. Los adultos charlaban sobre la situación de Argentina y sobre las diferencias entre Europa y aquella porción del mundo con ínfulas europeas, como si el viejo continente fuera aval de algo.

Una tarde, la niña guiñó el ojo a Simón y este se derritió.

—¿Qué lees? ¿El libro que te regalé?

—Sí.

—Ya veo que te gusta leer.

—Pero hay algo que me gusta más que leer.

—¿De veras? ¿Qué es?

—Escribir.

Simón no pudo sino sorprenderse.

—¿Escribes?

—Páginas y páginas.

—¡Eso es fantástico!

—Me gusta escribir. Escribiría más si tuviéramos plata para cuadernos o para una computadora. Tener una computadora es mi sueño.

Entonces intervino Luz. No podía ocultar su orgullo al escuchar a la pequeña hablar con tanto desparpajo y tanta educación, pero tampoco su vergüenza al quedar en evidencia la situación económica que atravesaban.

—Podés preguntar a Simón lo que quieras. ¡Tengo dos escritores en casa! —sonrió Luz.

—Mmm... ¿Vos también escribís para fugarte? —preguntó la niña

—¿Para fugarme? —respondió Simón.

—Yo escribo para fugarme de mi vida. ¿Y vos?

18

En la playa.
Tres de enero y días siguientes

Si el delicioso estilo rústico de Nueva Inglaterra nos encanta, no lo hace menos el de los Hamptons. Sus casas están concebidas bajo tres principios inamovibles: la madera, su vinculación con el mar y una decoración muy caprichosa.

No nos costará conseguir esa atmósfera si recurrimos al cedro blanco, al ciprés, al nogal americano y muy especialmente al arce, todas ellas maderas nobles y de colores claros. No escatimes en gastos y concédete el gusto de sentirte un ser privilegiado, tocado por la exclusividad y el talento.

Dejar leer una novela antes de terminarla es, de alguna manera, como usar la servilleta antes de comenzar el banquete. Al menos así lo entendía Simón Lugar, incapaz de filtrar una sola línea de su creación antes de que llegara a su agente.

Hay escritores que cuentan con personas que les leen antes de que el libro caiga en manos de la rueda de la industria editorial, críticos particulares que destripan la nueva criatura para que esta se acoja mejor en agencias y editoriales, pero en el caso de Simón, autosuficiente y seguro de sí mismo, aquello habría sido inconcebible. Jamás había dejado nada y jamás lo haría.

Jamás, hasta el tres de enero.

Cargó los folios en la bandeja de la impresora, seleccionó el documento, dio la orden de imprimir y esperó a que la EPSON respondiera con su característico sonido a escritura digital.

Pronto comenzaron a sucederse las páginas, expulsadas graciosamente como si detrás de aquellas líneas entintadas no existiera todo un universo de reflexión, creatividad y talento. Simón las miraba orgulloso, febril por su decisión, expectante.

Su anterior borrador, de apenas cien páginas, había salido volando la noche de su rabieta, cuando tiró los lápices y los bolígrafos y se dejó llevar por la furia. Pero ahora contaba con más novela, más matices, correcciones, párrafos colocados en otra ubicación, verbos mejor conjugados, sinónimos...

Al llegar al folio noventa, la EPSON se atascó y dio error en la pantalla del ordenador. Simón miró a un lado y a otro y se impacientó con la informática.

—¡Mierda!

Sacudió la impresora, ajustó bien el cable, revisó la

bandeja del papel. Una página se había quedado doblada entre los rodillos. Con los dedos, intentó desatorarla. Cuando por fin, lo consiguió, tenía las yemas manchadas y tuvo que reiniciar el sistema.

—¡Joder!

Pero al cabo de un rato contaba con su novela ocupando un sustancioso bloque de ciento ochenta páginas en sus manos.

—Rebeca, cariño —me decía vehementemente la editora de la revista—. El artículo sobre los Hamptons es delicioso. Esa es la línea a seguir. Tu padre estará orgulloso. Y, por cierto... ¿Qué tal va tu novela? ¿Nos dejarás leer algo antes de que la termines?

—Toma, Eme. Tengo algo para ti.

—Feliz Año Nuevo, Simón Lugar, señor escritor.

La muchacha se puso de puntillas y le besó en la mejilla.

—Pinchas. Feliz Año Nuevo.

—Nunca he hecho esto antes.

—¿Dejarte besar en la mejilla o dejarte barba de una semana?

—Nunca he dejado leer nada a nadie antes de dárselo a mi agente.

—¿Qué te pasa en el hombro?

—Tuve un golpe con el coche el día veintiocho. Me salté un STOP cuando regresaba de la compra. Te he echado de menos. No has bajado a la playa.

—¿Estás bien?

—Sí. Solo fue un golpe. Se me dislocó el hombro. El coche tiene todo el lateral hecho un bollo; está en el taller. Son fechas malas y tardarán en reparar la chapa. Y yo tengo que llevar esto dos semanas —dijo señalando con la vista un aparatoso vendaje móvil que le sujetaba el brazo al pecho—, pero me lo quito a diario para escribir y para hacer todo, por las noches me molesta y también me lo quito.

—¿Te duele?

—Cuando escribo, pero escribir es siempre un proceso doloroso. Lo del hombro es solo físico.

—¡Qué dramáticos os ponéis los poetas!

Empezó a llover. La humedad resultaba insoportable sobre la playa y en el aire se confundían las gotas que llegaban desde el rompiente de las olas con las que caían de las nubes, bajas como telares colocados a la altura de las cabezas.

—¡Llueve!

—Llueve, sí. Ten, toma.

Le tendió el manojo de folios, sin encuadernar, metidos en una precaria carpeta de cartón sin cierre alguno.

—¿Para mí?

—Ten cuidado, que no se te vuelen.

—¿Qué es?

El aguacero reventó inmisericorde sobre ellos. Eme tomó el paquete de hojas impresas y lo ocultó bajo su abrigo. Simón pudo comprobar que llevaba una bata bajo él, pero no dijo nada.

—Es lo que estoy escribiendo. La novela que tengo

entre manos. Mi último trabajo. Aún falta mucho. Sigo escribiendo. Estas son las ciento ochenta primeras páginas. No lo ha leído nadie. Así no podrás decir que me lees lo mismo que leen miles de personas.

Eme se giró sobre sus talones con una sonrisa infantil y exultante en su rostro, y echó a correr por la arena mojada, sujetando la carpeta bajo su ropa. Simón se quedó en pie, extrañamente sonriente, conmovido, hasta que ella atravesó la playa y subió al aparcamiento. Desde allí, agitó un brazo para despedirse.

—Hasta mañana, Eme —susurró él.

Llegó el día siguiente y Eme no apareció. Tampoco el cinco de enero. Simón estaba bloqueado.

Los bloqueos son habituales en los escritores de raza. No tal vez en los poco exigentes, pero sí en los artistas. Por eso, habría que incluir el bloqueo al desprendimiento, la exploración y la melancolía como mimbres imprescindibles en la construcción de una novela.

Bloquearse no es no encontrar palabras o no saber por dónde hacer avanzar una novela. Tampoco el estúpido terror al folio en blanco, algo propio de la mitología literaria y no de la realidad de quien escribe. Muy al contrario, bloquearse es no satisfacer la demanda del cerebro, no encontrar la agilidad necesaria en los dedos, no hallar el umbral del dolor hasta comenzar a padecerlo.

Bloquearse no es pararse, es no saber detenerse. La reflexión es como el zumo de limón: agrio, revitalizante y astringente.

Pasó las horas examinándose el hombro, probándolo e ingiriendo Ibuprofenos. Se sentía incapaz de redactar una sola línea más. Necesitaba que Eme le dijera qué le había parecido lo que llevaba redactado hasta entonces. ¿Entendería la historia de Rebeca? ¿Se engancharía a ella? ¿Sería capaz de intuir el final o tendría que encerrarlo en nuevos párrafos? ¿Era Eme la persona idónea para ello?

Cocinó pollo, descongelado previamente y aliñado con abundante cebolla. Pronto tendría que acudir nuevamente a por provisiones, pero con el BMW en el taller, habría de hacerlo andando.

Y sonó el teléfono.

¿Eme?, pensó.

Era alguien del seguro. La mujer que conducía el enorme cuatro por cuatro, quien salió ilesa del golpe y se mostró en todo momento conciliadora, no pensaba poner denuncia alguna, toda vez que el parte amistoso fuera cerrado por ambas partes y se hiciera el atestado sin ninguna incidencia.

Volvió a sonar el teléfono.

¿Otra vez del seguro?

¿Eme?

¿Noticias de Rebeca?

¡Su agente! Aquella voz de mujer era inconfundible.

—¡Feliz Año Nuevo, Simón!

—Hola, Úrsula.

—¿Cómo va la novela? Mañana, Día de Reyes, podía Baltasar dejármela terminada, ¿no? Te recuerdo que para el día quince de este mes tenemos comprometida la entrega de, al menos, el primer capítulo. ¿No vas a adelantarme nada?

—Va lenta. Bueno, no —dudó—. Lo cierto es que va bien, avanza con rapidez. El problema es que no sé si se trata de la novela que esperábamos.

—¡Paparruchas! ¡Cuéntame algo! ¿De qué va?

—Te mandaré una sinopsis por correo electrónico.

—¡Formidable!

—He hecho algo que nunca había hecho.

La voz al otro lado de la línea pareció horrorizarse. Hubo un segundo de silencio, suficiente como para que Simón cogiera carrerilla y soltara su respuesta a bocajarro.

—¿Qué has hecho?

—Se la he dejado a alguien para que la lea.

—¿Que has hecho qué? ¡Pero Simón! ¡Jamás has hecho eso! ¿Es que te has vuelto loco? ¿Estás bien? ¿Te encuentras bien? ¡Por Dios, Simón! ¡Estás atravesando una crisis! ¡Estás deprimido! ¿Estás deprimido? Dime que no estás deprimido... ¿Es por estas malditas fechas? También yo odio las navidades.

—No estoy deprimido... Lo que pasa es que he tenido que hacerlo. Me había bloqueado.

—¿Lo ves? ¡Bloqueado! Estás deprimido. ¿Alcohol?

—¡No! Simplemente le he dado el manuscrito a

una persona para que me diga qué le parece. Necesitaba una opinión.

—¡Santo Dios! ¿Y para qué estoy yo? ¡Soy tu agente!

Simón la imaginó en su despacho, echada hacia atrás sobre la silla, contemplando el puerto de Barcelona al tiempo que jugueteaba con un pisapapeles. En un segundo, atravesaron por su mente los más de quince años que llevaban profesionalmente unidos. Si había alguien a quien debía su éxito era ella.

—Lo sé. No te enfades.

—Al menos... será de confianza, ¿verdad? No nos gustaría que un manuscrito de Simón Lugar acabara en manos de alguien que lo fusilara por su cuenta y acabara en la red antes de llegar siquiera a la imprenta.

—Pues...

—¡Simón! No me digas que... ¡Simón, por favor! ¿A quién se lo has entregado?

—Es una mujer a la que veo cada mañana en la playa. Una joven. Se llama Eme.

—Cojo un avión y voy a verte. Estás peor de lo que se cuenta por ahí. Si tengo suerte, esta misma noche me tienes en casa. ¡No me lo puedo creer!

Pensé que tenía que rematar la tarea con Emilia Gogoarena. Mi trabajo estaría concluido antes de que un nuevo comisario reiniciara la investigación.

Después, solo me quedaría pasar página y escribir la novela romántica que todos esperaban de mí.

¿Es que alguien iba a creerse que yo sería capaz de hacer algo tan zafio y ramplón como confeccionar una novela negra? ¡Por Dios! Aquello era simplemente la excusa para estar cerca de mi tío y enterarme de si se sospechaba de mí. ¡Una novela negra! ¿Yo, Rebeca Leeman, una novela negra?

Escribiría una historia fascinante con todos los tópicos de los cuentos de amor, con una mujer hermosa enamorada hasta la médula de un ser formidable, me la publicarían, la prologaría cualquier reputado escritor, se promocionaría en las revistas de nuestro sello editorial y mi padre se preocuparía de que las ventas me permitieran creerme escritora, como si ser escritora fuera sinónimo de vender más o menos. Y nadie se habría dado cuenta de que mis pesquisas junto al tío Enrique eran solamente la tapadera para estar cerca de la Policía.

Emilia Gogoarena pagaría con creces por lo que hizo a Marisa. Ya casi había llegado al final de la lista.

19

Madrid. Dos años antes de conocer a Eme.
Año y medio después de conocer a Luz y Rebeca

Decorar una casa es como vestirte cada mañana. Has de elegir cómo quieres que te vean, pero, sobre todo, cómo quieres verte tú. Hablamos de algo mucho más excitante que colgar cuadros, elegir telas o disponer muebles; hablamos de diseñar tu tarjeta de visita.

Simón se acomodó en la silla de aquella habitación del hotel y releyó el párrafo que acababa de escribir en su portátil. Le gustaba. Aquel sería el tono. Era como si la novela ya estuviera en su cabeza y solamente tuviera que traducirla a palabras. Sonrió, apuró su tónica sin ginebra y esperó a que Úrsula golpeara la puerta con sus blancos nudillos siempre bien hidratados.

Así sucedió y él anunció que estaba abierta; no

quería levantarse porque iba a enseñarle el arranque de lo que sería su siguiente novela.

—¿Se puede saber de qué estamos hablando? —espetó ella sin ningún remilgo.

—Mi próxima obra.

—Esto es una paparrucha, Simón.

—Cada capítulo empezará así.

—¡Tú lo que tienes que hacer ahora es arreglarte! Nos esperan para cenar. Esta gente quiere rodar pronto y tenemos algunos flecos que negociar con ellos. Una serie de televisión es algo muy diferente a una película, Simón.

—Lo que no sé es qué pinto yo en esa cena. Sois vosotros los que negociáis. Yo lo único que quiero es escribir. Verás... Se trata de una novela negra. Una historia truculenta con asesinatos en serie, ambientada en Uribe Kosta. Una joven arquitecta, empeñada en escribir una novela, va matando a una serie de personas... Venganza, justicia...

—¡Simón! Primero tienes que acabar la que tienes entre manos. ¿Para qué crees que hemos venido a Madrid? ¿Acaso crees que me gusta todo esto? Hemos venido a Madrid a negociar con los de la productora.

—Pero...

—Hagamos una cosa: tú acaba *Las otras voces lentas* que ya tienes casi rematada —y subrayó con un gesto de las manos el «ya»— y con la que vamos con un año de retraso, y luego, una vez que se presente, te lanzas a escribir novelas negras de arquitectas o lo que te dé la gana. Pero antes, acaba esta. No te descentres, por Dios. ¡La gente está dispuesta a firmar contratos de rodaje sin que el libro haya salido! ¿A cuántos escritores crees que les pasa eso? Así que tú acábala. Luego ya seguirás con esa paparrucha de la arquitecta y los asesinatos. De momento, termina lo que tienes empezado.

—La protagonista se llamará Rebeca, en homenaje a la niña argentina que conocí cuando estuve en Merlo. Rebeca es un buen nombre.

—¡Hace ya más de un año de eso!

—Año y medio.

—Parece mentira. ¿Cómo ha podido impactarte tanto esa niña? ¡Pero si hasta les envías dinero! Simón, Simón... ¿Es que hay algo entre la madre y tú?

—¿Entre Luz y yo? ¡No! En absoluto. Se trata de otra cosa. Es Rebeca. Es esa niña. ¡No sabes cómo mira! Me guiñó el ojo, me sonrió de una manera especial... Le gusta leer. ¡Le gusta escribir!

—¡Pero si nunca te han gustado los niños! Te estás volviendo loco. ¿Dices que le gusta escribir? ¡Pues cómprale un cuaderno! ¡A ti es a quien debería gustarte escribir, Simón! —apremió Úrsula buscando una camisa limpia en el armario del escritor—. Y ahora, ponte bien y baja a recepción. Iré pidiendo un taxi.

—Rebeca es especial...

—Y *Las otras voces lentas* llevada a la gran pantalla, también. Hablan de hacer una película que pueda optar a los Goya. ¿Te imaginas? ¡No puede pintar mejor! ¡Nunca el viento nos ha venido tan de popa!

Media hora más tarde, Simón Lugar y Úrsula Fibonna atravesaban la puerta de un restaurante de Malasaña donde tres hombres con aspecto de publicistas los esperaban para hablar de los detalles del rodaje de *Las otras voces lentas*, de la que aún restaban más de cien páginas por redactar y de la que, sin embargo, ella ya tenía la sinopsis.

A veces, nuestros demonios del pasado reaparecen con el único pretexto de devolvernos a la vida. En esta novela, Simón Lugar nos conduce al siniestro mundo de la miseria, en una historia apasionante, cruda y convulsa en la que el lector viajará a las cloacas de Barcelona y a los mercados de Buenos Aires, a la vez que se impregna de la bajeza de la condición humana.

Hundí el bisturí con una precisión que a mí misma se me antojaba inverosímil. El hombre me miraba atónito, como sin dar crédito a lo que le estaba ocurriendo, adormecido por los efectos del aerosol con burundanga con el que le había sorprendido, de manera que, cuando la afiladísima hoja penetraba en la carne de su cuello, no pudo sino abandonarse al plácido sueño de los inconscientes.

Un escándalo de pollos piando inundaba la nave. Parecía que los inocentes bichos sabían qué estaba ocurriendo.

Clavé hasta el mango mi arma y le cercené la yugular sin ningún esfuerzo, logrando que primero un surtidor y luego un ancho brocal desparramaran sangre bajo su cabeza.

Moría con armonía, pese a lo cual continué con el tajo, recorriendo la parte delantera del cuello, tropezando con la nuez hasta partirla y avanzando hasta la otra oreja, en donde extraje el bisturí y lo miré satisfecha.

Clavar un bisturí en un cuello era como romper la capa exterior de la crema catalana.

Resultaba conmovedor ver escaparse la vida por aquel hilo rojo. El sexador de pollos sonreía incluso. Después, le estiré con calma las piernas, colocando un tobillo sobre el otro y evitando arrugas poco armónicas en los pantalones de su buzo verde. A continuación, le puse los brazos en cruz, con las palmas de las manos hacia arriba. Entonces fue cuando se me ocurrió que podía haber llevado la pistola de clavos y haberle crucificado contra el suelo, pero, ante la ausencia de la herramienta, me prometí usarla para otra víctima de mi lista.

Agarré uno a uno cuatro pollitos y les partí el cuello, depositándolos de dos en dos en ambas manos.

Satisfecha, miré mi obra y abandoné la planta avícola tras eliminar huellas de cualquier objeto que hubiera podido tocar.

Me pareció, eso sí, que alguien me observaba desde el otro lado de los cristales empañados, pero quise figurarme que eran imaginaciones mías fruto de los nervios.

Simón estaba satisfecho. Su siguiente novela sorprendería a Úrsula, a los editores, a la crítica... Gustaría a sus lectores y lectoras. Y, sobre todo, era lo que él necesitaba escribir. Escribir la historia de la arquitecta que se convierte en asesina en serie era algo de lo que no podía huir.

Precisaba acabar *Las otras voces lentas.* Acabar la novela. Acabar los capítulos argentinos y entregarse vorazmente a la nueva obra, la de la arquitecta, la de Rebeca Leeman. Llevaba un año de retraso. Había de saldar de una vez lo que tenía entre manos, cerrarlo de cualquier manera para entregárselo a Úrsula y dedicarse en cuerpo y alma a su aventura criminológica.

Las otras voces lentas...

Suspiró.

La cena transcurrió como se esperaba. Úrsula se dedicó a coquetear con el productor ejecutivo, un hombre de alrededor de cincuenta pero con ademanes adolescentes, quien no dudó en pedir Nestea para acompañar su *vichyssoise* a pesar de que alguien había solicitado un vino burdeos de Saint-Emilion. Ambos, el productor y Úrsula, terminaron por hablar del proceso del rodaje, mientras el guionista, el director y Simón se miraban sonriendo violentamente, convencidos de que lo artístico quedaría supeditado a las decisiones de quienes manejaban el dinero.

A los postres, se sacó crema catalana, en honor a la agencia de Fibonna, y Simón se perdió en la cobertura caramelizada, desoyendo la tertulia e imaginando de qué forma metería en un párrafo la excitante sensación de romperla con la cucharilla como quien usa un bisturí en la carne.

Después fueron a un bar de copas, para lo cual Úrsula y el productor tomaron un taxi y los otros tres, otro. Bebieron varios combinados y, solo cuando la noche alcanzaba la madrugada, surgieron plazos, pagos, porcentajes... asumiendo todos que lo mejor sería quedar al día siguiente en la oficina del primero para cerrar la cuestión de los derechos de autor.

Simón iba a vomitar.

Se levantó, corrió al servicio y se plantó frente al espejo, dejando el agua correr desde el grifo. Estaba cansado, somnoliento, con gases en el estómago y cierto mareo. Y, sobre todo, urgido por escribir el capítulo en el que su protagonista sajaría el cuello de una de sus víctimas como quien rompe la capa exterior de la crema catalana.

Mojó sus muñecas y sacudió los dedos hacia la cara para perlarse de gotas. La imagen que le reflejaba el espejo no le resultaba reconocible. Solo veía un hombre elegante, apuesto, artificial y adornado, en nada parecido al joven poeta que soñaba con una vida entre letras. Supo, sin necesidad de desabrocharse la camisa, que sus músculos estaban lacios, sus pechos caídos, su barriga descuidada. Ni siquiera la misericordia de los maduros le permitió ser condescendiente. Tomó agua y la escupió contra el cristal.

—¡Mierda de ti, Simón Lugar!

20

Buenos Aires.
Unos días antes de conocer a Eme

Decorar tu casa es como tener una cita: ha de ponerte nerviosa, ha de ilusionarte, ha de hacerte dudar. Una cita siempre es excitante... incluso si esta es con el estilo de tu hogar.

La cita excitaba a las dos hermanas hasta el punto de privarles del sueño, de las ganas de comer y de cualquier atisbo de humor. Estaban confundidas, aterrorizadas, envejecidas. El abogado había sido claro en sus conclusiones y les había asegurado que, una vez delante de la jueza, lo único que podría salvarlas sería que alguno de los testigos se echara para atrás o que el bufete de la acusación fuera más torpe o más inexperto que él, algo presumiblemente improbable.

—La cosa se pone complicada —respiró. Quiso

darle cierto dramatismo al momento. Había dispuesto una escenografía *ad hoc*, despejando su mesa y colocando tras de sí unos cuantos volúmenes de derecho civil en las baldas de su estantería—. La jueza que lleva el caso es Rosalía Mieza Ventura, famosa por ser implacable en este tipo de asuntos. Hace dos años condenó a tres asistentas de un hospital por retirarle la cena a un niño y hacerlo de malas maneras. Fue muy sonado. Y hace solo seis meses apareció en los periódicos por haber desestimado un recurso de apelación en el caso de los padres que pegaron a su hijo delante de media cancha del Boca.

Tomó aire. Había soltado aquello de carrerilla, como aprendido de memoria, y esperaba la reacción de sus clientas. Como no decían nada, prosiguió, echándose las manos a la cara y sonriendo falsamente.

—Además, la acusación particular cuenta con el bufete de Cortajarena-Plata, letrados de alto prestigio...

—Pues yo en cana no vuelvo. Antes me mato y mato a esta.

Él las miraba, consumidas pero arrogantes, orgullosas, sin sentimiento de culpa ni de arrepentimiento, allá plantadas ante su escritorio, con las manos sobre los bolsos y la barbilla elevada, y no pudo menos que pensar que haría lo posible por negociar la condena, que qué mala pata con lo de Mieza Ventura y que cómo carajo iba él a poder ganar a los del bufete de la defensa, si por una sola cita con ellos cobraban lo que él facturaba en seis meses.

21

En la playa. Continúa enero

Agarra tu estilo por la solapa y sacúdelo. Seguro que consigues desprenderte de viejos vicios decorativos y eres capaz de asumir los retos de un cambio. Quien no cambia sus paredes o sus cojines se condena a perecer en el tedio.

El tedio no le asustaba. Desde su experiencia en Buenos Aires, se había vuelto un ser más callado, más ordenado y más reservado. No era que se arrepintiese de haber guiñado el ojo a Rebeca en la librería La Guarida. No era que se arrepintiese, ni que pensara que había hecho mal implicándose emocionalmente en la situación de la pequeña. Ni que fue un loco al dejar La Provenza y tomar un avión cuando Luz le llamó reclamando su ayuda. Ni siquiera era que se mortificase sabiendo que, por culpa de su aventura argentina, *Las otras voces lentas* saliera al mercado mucho más tarde de lo planeado. Era que se había convencido de que escribir era su forma de amar.

Amar y escribir son dos actos parejos. En ambos se entregan porciones íntimas del ser y en ambos la generosidad va de la mano del sufrimiento. No puede escribirse sin melancolía, como no puede amarse sin la angustia de la obsolescencia. Por eso, escribir es un ejercicio de amor supremo porque nadie alcanza tanto sufrimiento, tanto dolor y tanta melancolía como quien escribe, igual que nadie goza tanto, hasta el extremo del placer físico, como quien entrega sus letras al mundo, esté este encarnado en una persona o en una pléyade de fieles.

—Sobrina, vas a tener que dejar a un lado todo esto. La cosa se ha puesto fea. El comisario Abásolo, sustituto de Larraskitu, no va a permitir que husmees en los escenarios del crimen y me ha pedido de modo oficial que no vuelva a darte ningún detalle sobre las autopsias. Creo que lo mejor será que retomes tu idea de una novela romántica y te olvides de los asesinatos. Al fin y al cabo, eres una Leeman, y todo esto no va contigo.

—También tú eres un Leeman, tío Enrique.

—Hazme caso. Es mejor que te apartes. Te lo digo porque te quiero.

Le miré y reconocí en él al hombre que siempre me había dado el afecto que mi propio padre me privaba.

—Yo también te quiero.

Callamos. Los cristales de mi casa dibujaban serpentinas de agua cuando las gotas caían desde el marco superior hasta el alféizar. Tenía encendida la televisión, aunque sin volumen. Sobre la mesa, las copas vacías evidenciaban los *gin-tonics*.

—Recuerdo cuando, de niña, venías a casa. Siempre eras cariñoso con nosotros. Mis hermanos te adoraban. Y yo... yo siempre esperaba que llegaras. Me hacía más ilusión que cuando venía mi padre.

—No hables así de él. Os ha querido a su manera. Ha sido un hombre siempre tan ocupado... tan reclamado por todos...

—Me acuerdo que hasta nuestra tata Carmen te tenía idolatrado.

—¡Ja, ja, ja! Qué exagerada eres, Rebeca. La tata Carmen idolatraba a todos porque era una salerosa y una guasona.

—Sí —musitó Rebeca—. Hasta que pasó lo de su hija. ¿Sabes? Ahora su hija tendría mi edad.

—Cuarenta y cuatro años.

Abásolo releyó el informe varias veces y observó las fotografías. Era realmente asqueroso lo que habían hecho con el pintor. Las conclusiones de la autopsia producían náuseas.

Pero en su rostro se dibujó una leve sonrisa de medio lado cuando sus dedos elevaron una pequeña bolsa de plástico con un cabello rubio en su interior.

—Ya te tenemos. En cuanto analicen esto, daremos contigo. Has cometido un error olvidándote este pelo en la escena del crimen. Un error de principiante. ¡Ya has caído!

Simón pasó el día sin salir de su apartamento, escribiendo y esperando a Úrsula, quien llegó con veinticuatro horas de retraso. Cuando el taxi aparcó frente al carretil de acceso al edificio y esperó sin apagar el motor, él comprendió que su agente subiría, le soltaría un rapapolvo, luego le camelaría con algo y finalmente se iría sin escucharle las auténticas razones por las que había dejado a Eme leer el manuscrito.

En el corto lapso de tiempo transcurrido entre verla salir del coche y llamar a su puerta, Simón reflexionó sobre su propia misantropía, sobre la aversión hacia lo social, sobre el asqueroso lobo solitario en el que se había convertido, ermitaño huraño y hosco, hombre gris de las cavernas literarias. Recordó el día de los Goya y se preguntó qué sería de Leyre Berrocal. Ineludiblemente, se mesó el cabello hacia atrás, se colocó bien la camisa sobre los hombros y aguardó a que Úrsula aporreara con sus nudillos bien hidratados, deseando que, en lugar de ella, fuera Eme, o Luz, o la pequeña Rebeca o incluso la desconocida Berrocal.

Y pensó que fuera de Úrsula y esas cuatro mujeres, no había hablado con ninguna más en los últimos años, salvo las inexcusables, las dependientas, las auxiliares de vuelo, las lectoras, personas anónimas, en definitiva.

Se dio cuenta de que un lápiz estaba en el tarro de los bolígrafos y corrió a colocarlo en su sitio en el pre-

ciso instante en el que su agente llamaba para arrollar-
lo con una perorata.

En efecto, Úrsula Fibonna desplegó todos sus ar-
gumentos sin siquiera quitarse la gabardina, aunque sí
el amplio pañuelo de seda con que se protegía el cuello, y rogó a Simón que se centrara, que hiciera algo
realmente bueno, que no se retrasara como había hecho con *Las otras voces lentas*, que buscara el brillo en
la mirada y acabara esa maldita novela de asesinatos de
una vez. Luego le dio dos besos y le dijo que volvería
por la mañana, a eso de las once, para llevárselo a Bilbao a cambiar de aires.

Aquella noche escribió compulsivamente, sin im-
portarle las palabras de su agente ni el tono de la novela. Solo sentía la fiebre de avanzar y avanzar, de permitir
a las ideas que se convirtieran en palabras y, de alguna
manera, nervioso por encontrarse al día siguiente con
ella. No con Úrsula, sino con Eme.

Le había escrito un nuevo correo electrónico.

De: eme@gmail.com

Para: simonlugar@simonlugar.es

Asunto: tu novela

Hola, Simón. Mañana espero verte en la playa. Yo iré. He leído tus
páginas.

Hasta mañana.

Un beso.

Eme

¿Un beso? ¿Qué significaba un beso en un correo electrónico? ¿Pueden darse besos por correo electrónico? ¿Saben igual? ¿Los entienden las dos personas de la misma manera? ¿Y si el emisor lo que otorga es un beso sencillo, cálido pero cortés, y el receptor visualiza uno lento y sexual? ¿Y si sucede viceversa? ¿Cómo sería el beso de Eme? ¿A qué tipología de beso se refería?

Simón Lugar era el ser más diminuto sobre la Tierra. Descalzo sobre la alfombra de debajo de su escritorio, tecleando a gran velocidad, con una taza de infusión de regaliz junto a la pantalla y mirando de cuando en cuando la negrura de la noche más allá del ventanal, esperaba que amaneciera para poder hablar con ella.

Cuando empezó a clarear el día, se reclinó en su sofá e hizo una breve siesta. Estaba cansado, agotado de ideas y energía. Lo único que le apetecía era ver a Eme. Lo último que le apetecía era ver a Úrsula.

Matar a la periodista fue sencillo. Me recibió en su propia casa, me sirvió una copa y charlamos durante algo más de media hora. Era la primera de mi lista.

Tenía un domicilio sin gusto, mal amueblado y atiborrado de adornos estúpidos y portarretratos con viejas fotos de ella misma. En la salita, sin el detalle de quitar la radio, charlamos sobre las ganas de ambas de escribir una novela y sobre lo complicado que estaba el sector de la prensa, ya fuera en revistas de decoración como *Arquitectura Exclusiva*, ya fuera en semanarios culturales en los que ella escribía.

—Rebeca Leeman... es un placer conversar contigo
—me dijo.

Cuando saqué de mi bolso unos guantes de látex
(como siempre en cada asesinato) y me levanté del sillón
y me acerqué a ella y le rocié la cara con burundanga,
cruzamos una mirada a modo de epílogo.

Yo apretaba y apretaba el cojín sin que la víctima
opusiera resistencia, hasta que la mujer quedó muerta
sobre el sofá, como una muñeca de porcelana de las de
rostro acerado y mirada huida.

Al abandonar el domicilio, ya en la acera, me sobre-
salté al sentirme perseguida por alguien, pero no quise
caer en la histeria ni comprobar si se trataba de un fantasma o de un ser real, por lo que aceleré el paso y me
escabullí en el Metro.

—Esto, por Marisa, la hija de la tata Carmen —me dije
al entrar en el primero de los vagones.

La mañana reventaba el día con miles de millones
de gotas dibujando remolinos en el filo de la playa.
Hasta las piedras del acantilado estaban ateridas, encogidas bajo la bruma como cuerpecillos arrugados.

—Buenos días. ¿Qué te han traído los Reyes?

—Buenos días, Eme.

—¿Qué te han traído los Reyes?

—Los Reyes no existen.

—Los Reyes sí existen. A mí me han traído un
beso.

—¿Un beso?

—Sí, mira, este.

Eme se giró hacia Simón, estiró su cuello, ya de puntillas sobre la arena, y lo besó en la mejilla. Él sonrió sin dejar de mirar el incierto horizonte gris que se diluía en el infinito de un mar testigo, bravo y ruidoso.

—¿A qué ha venido esto?

—Si no te gusta, señor escritor, me lo devuelves.

—¿Has leído el manuscrito?

—Algo.

—¿Algo?

—Lo he leído, sí.

El aire sacudía la ropa de ambos y levantaba flequillos de agua que acabaron por mojarles.

—¿Aceptas un café en mi apartamento? Está razonablemente ordenado, no demasiado sucio y lo más probable es que haga un mal café, pero aquí nos estamos empapando.

—No puedo. No tengo tiempo.

—No te creo. ¡Me gustaría... me gustaría charlar contigo sin prisa! Quizás... tal vez... tal vez te haya parecido atropellado que te diga que vengas a mi apartamento. Vivo ahí. Soy de fiar, te lo aseguro. Pero... lo entiendo... entiendo que... Bueno, en fin. Seguro que piensas que soy un descarado.

—No tengo tiempo. He de volver. Trabajo allí, mira. ¿Ves esa casa sobre el acantilado, más allá del aparcamiento público?

—¿Trabajas en aquella casa? Es una residencia. Una residencia de ancianos.

Simón se sintió decepcionado. No sabía bien por qué. Decepcionado por la falta de entusiasmo de Eme ante el manuscrito. O por la falta de interés por conocer dónde vivía. O decepcionado por la falta de tiempo, siempre la falta de tiempo en todo; la falta de tiempo en cada segundo de la vida. O decepcionado por saber que trabajaba y que, por consiguiente, no era un ángel.

—Trabajo en la residencia, sí. —Eme se abrió levemente el abrigo y la bufanda y mostró una bata—. Pero esta tarde libro. Podemos vernos después de comer.

Simón reaccionó, sonrió y la miró a los ojos. Era evidente su satisfacción.

—A las cuatro. Te espero a las cuatro. Trae el manuscrito. Te daré nuevas páginas. Las imprimiré ahora mismo. Me cuentas qué te ha parecido. Y me hablas de ti. Y tomamos café. ¿Te gusta el café? O infusión. Tengo infusiones de regaliz. Y así me da tiempo a ordenar un poco...

—A las cuatro. Me fio de ti, Simón Lugar señor escritor. ¡Ja, ja, ja!

Úrsula pagó el taxi y obligó a Simón a bajar rápidamente prometiéndole que aquel lugar era excepcional para tomar un vermú.

—¡Parece mentira que tenga que enseñarte yo a ti los destinos más *cool* de Bilbao!

Tomaron un combinado en aquel lugar, una coctelería exquisita adornada con objetos *vintage* y cuadros abstractos, y atendida por un hombre con aspecto de modelo. Charlaron sobre la novela, sobre la estrategia que la agencia tenía para su promoción y sobre los acuerdos que iban a firmar con una nueva productora. Los ecos de la serie para televisión de *Las otras voces lentas* allanaba el camino para futuros proyectos, y Úrsula se convirtió en un raudal de ideas.

Él escuchaba, perdiendo su vista en los hielos perfectamente cúbicos de su copa, pensando por qué los hielos se hacían cúbicos en las coctelerías y preguntándose si era así por algún convencionalismo o por una cuestión física. Le asfixiaba la gente que iba entrando al local, y calculaba cómo zafarse de Úrsula a tiempo como para estar a las cuatro en la playa. Sería catastrófico que su agente se enfadara, pero aquello era un fastidio que a él le aburría y no le permitía escribir ni acabar de ordenar su apartamento. ¿Es que nadie en el universo se daba cuenta de que Simón Lugar, qué ironía, se encontraba fuera de lugar alejado de sus letras?

—Lo que tienes que hacer es acabar esa novela de los asesinatos cuanto antes. En una semana. No te importe cómo rematar la historia. Casi mejor si la dejas abierta. Los correctores de la editorial le darán el punto y final y harán una obra pintiparada, preciosa, deliciosa. A la gente le encantará. Nosotras en la agencia la menearemos y ya corregiremos lo que haga falta. Deja un final sin cerrar para que pueda haber una segunda parte. A esa Rebeca Leeman, ni tocar. No se te ocurra matarla ni meterla en la cárcel ni cosas así. Nada de melancolía. Que acabe con su lista de muertos y punto final. *The End.* Corrección, maquetación e imprenta. Todo lindo. La sacamos para la primera semana de marzo. ¡Para el ocho de marzo! Día de la Mujer. Ya lo estoy viendo: presentada en... ¿dónde quieres que la presentemos? ¿Salimos de aquí? ¿Barcelona otra vez, como *Las otras voces lentas*? No. Mejor en Madrid, en... ¡Bueno, no sé! Ya veremos dónde. Eso son paparruchas. Ocho de marzo. ¿Te imaginas? Haz que Rebeca deje todo sin atar, y sacamos para septiembre la segunda parte. Es lo que funciona ahora, sobre todo en novelas negras. Trilogías. Si te ves agobiado, podemos encargar que vayan redactando ya los bocetos de la parte segunda y de la parte tercera, el desenlace. Tengo a las chicas pensando en títulos. ¿Alguna sugerencia? Yo había pensado en algo incierto pero directo, tipo «El caso de Rebeca Leeman». Leí tu sinopsis; la he mejorado y ya te la mandaré. Sangre y costa vasca: va a funcionar, Simón. Y luego, la serie para la televisión. He negociado los primeros nueve capítulos. Firmarás el guion, aunque van a redactarlo ellos. Nos va a quedar un buen pellizco con esto. Por eso mismo no es imprescindible que la novela sea brillante. Será buena y con eso será suficiente. Para la serie estoy pensando en una actriz para encarnar a Rebeca, pero los de la productora hablan de Blanca Suárez. Por cierto... ¿hay algún idilio, alguna escena de sexo? Para el libro no es necesario, pero en el guion habrá que meter algo así. No sé. ¿Me has contado que el forense es su tío? Bien. Podemos ponerle un ayudante, alguien tipo Mario Casas, un estudiante de Medicina que trabaje con el tío en lo de las autopsias y que acabe enamorándose de Rebeca. No sexo salvaje para no perder la audiencia más jovencita, pero sí enamoramiento tontorrón. ¿Habías pensado en algo de eso? Si no, no te preocupes, ya haremos nosotras algo. Lo que sí tienes que hacer es afeitarte; esa barba no nos cuadra para la promoción. Si fueras un novelista treintañero, sí, porque lo *hipster* vende mucho ahora, pero tú, que has pasado los cincuenta, pareces un vagabundo. ¡Si al menos la tuvieras blanca, como Clooney! ¿Has pensado en teñírtela de blanco? Ja, ja, ja. Es broma. Aunque, bien pensado, con barba blanca y unas gafitas de cordón sobre el pecho, tu aspecto ganaría en intelectualidad. Aunque... ahora que lo pienso, para «El caso de Rebeca Leeman» no pega mucho lo intelectual y sería mejor algo como de novelista negro. Te mandaré a una chica de la agencia para que elija la ropa que sacarás en la rueda de prensa. ¡Nada de jersey de cuello vuelto!

—Me voy. —Simón se levantó, apuró su vermú, agarró su abrigo del respaldo de la silla y, mientras se lo colocaba sobre los hombros, dio dos besos a Úrsula y se despidió—. Cogeré un taxi de vuelta a la playa.

—¿Cómo que te vas? ¡Íbamos a comer juntos! ¡Tenemos mucho de qué hablar!

—Me voy.

—¡De eso nada! ¡Tú no te vas, Simón Lugar! ¡No hasta que te comprometas a acabar esa maldita novela en una semana!

—La acabaré cuando la acabe. Si la acabo.

Simón se dirigió hacia la puerta. Ya en la calle, se enfundó el abrigo y buscó un taxi con la mirada.

—Simón... Simón, por favor, cielo. Atiende a razones —suplicaba Úrsula, en blusa bajo el quicio de la puerta del bar—. Todos queremos lo mejor para ti... ¿Qué necesitas? ¿Por qué estás así? Simón...

—Se me van las fuerzas en cada página. Necesito parar.

—¿Parar? ¡Ni se te ocurra parar! ¿Parar has dicho? ¡Por Dios, Simón! ¡No digas sandeces! ¡Tú no te puedes permitir parar! ¡Hay toda una maquinaria detrás de ti que funciona porque tú no paras! ¿Quién te has creído que eres? ¿Vargas Llosa? ¡Estás metido en la industria del libro hasta el cuello! Parar significa perder mucho dinero. Perderlo tú y perderlo mucha más gente. ¡No digas estupideces y escribe esa puta novela de una santa vez!

El sonido del cuello de la cocinera al quebrarse me recordó al del rabo de las cerezas cuando se rompe por el centro, aunque amplificado. Yo pensaba que sonaría más a nueces cascadas o al cuerpo del pollo asado al ser trinchado, pero, lejos de eso, fue sutil, fugaz y hermoso: clac. Un chasquido infinitesimal y la cabeza de la mujer quedó entre mis manos.

Estaba muerta. Me habría gustado decirle cuanto pensaba, pero en el último instante opté por mantener el misterio. Al fin y al cabo, ser asesinada sin saber la razón resultaba más cruel que haberle explicado que ella y los de su promoción fueron unos sinvergüenzas que acabaron con la vida de Marisa, la hija de mi pobre tata Carmen.

La lista estaba clara; el procedimiento, también.

No le dio mucho tiempo a ordenar, pese a lo cual su apartamento lucía como si una brigada de decoradores hubiera puesto cada cosa en su sitio. Para Simón, el caos era que un bolígrafo de gel estuviera en el bote de los lápices. En su cosmos reinaba la armonía.

A las cuatro menos veinte estaba todo preparado para recibir a Eme: los folios bien apilados, las jarras colocadas simétricamente, los flecos de las alfombras peinados, la encimera de la cocina despejada, los cojines venteados, las cortinas alineadas a escuadra... Miró el resultado de su frenética tarea y se sintió complacido.

Apagó el ordenador. Luego lo encendió, pensando que el azul de la pantalla conferiría a la sala un aire más de despacho. Después lo volvió a apagar. Cambió el tarro de los lápices por el de los bolígrafos, dejando este, que era más grande, en la parte interior de la mesa y aquel en la exterior. Lo miró guiñando un ojo: estaban a plomo.

A menos diez, puso música. La quitó. La volvió a poner: él siempre escribía con música. La volvió a quitar: con música, parecería una cita.

Descubrió que la chaqueta que llevaba puesta estaba ajada y se la cambió. Se volvió a poner la primera: era la que siempre usaba para estar en casa. Sonrió nervioso. Se pasó la mano por la mejilla. Debería haberse afeitado.

¡No! Afeitarse era dar la razón a Úrsula. Miró el móvil. Le extrañaba que no lo hubiera telefoneado. Estaría enfadada. Él lo estaba. Se echó colonia. Luego se la quitó restregándose el cuello con una toalla hasta dejárselo rojo.

Se sentía el ser más patético del mundo cuando se asomó a la ventana y la vio ascender por la rampa, desde la playa. Antes de abrir, su vista se tropezó con las tres fotografías de la mesilla. En la que aparecían él y su hermano con el torso descubierto, encontró al Simón que aún estaba en plena forma, el que escribía poemas; la poesía le llevó a Luz y se fijó en la imagen contigua, la de una calle de Lisboa. Pensó en Rebeca, su pequeña Rebeca, su *ahijada literaria*, como le gustaba pensar a él, y se preguntó por qué jamás había mantenido un taller literario o había sido capaz de generar un grupo de escritores noveles que lo siguieran, y se respondió que no era de extrañar. Por último, posó la vista en la foto de La Provenza y se dijo que sería divertido escribir allí un buen poemario.

Desde que, siendo yo todavía un bebé, mi padre decidió contratarla para atendernos, la tata Carmen me cuidó como a su propia hija, Marisa, de mi misma edad, bonita, graciosa y lista.

La tata soportó mis dientes de leche, como los de Marisa. Y mis primeros pasos a la vez que los de ella. Y me enseñó a peinarme y a vestirme. Y me recogía del autobús del colegio y me contaba orgullosa que su pequeña también aprendía mucho en la escuela. Yo iba a un colegio católico, severo y de uniforme; Marisa, a uno concertado y cercano adonde ellas vivían.

Pasó nuestras adolescencias con paciencia, y frecuentemente me decía que éramos sus dos soles y que nos quería mucho.

Mi padre había prohibido expresamente que Marisa y yo entabláramos amistad, pero hay vínculos imposibles de evitar.

Cuando empezamos a quedar para salir, era siempre a escondidas de mi padre y muchas veces con la complicidad de mi tío Enrique.

—No parece un piso de soltero —dijo Eme después de quitarse el abrigo y dar una vuelta sobre sus talones escrutando la estancia.

—No soy soltero.

—¿Estás casado?

—No, Eme. Nunca lo he estado.

—Entonces tampoco eres divorciado ni viudo, pero no eres soltero. ¿Cómo se entiende eso?

—Soy solterón.

22

*Buenos Aires, llegado desde La Provenza vía
París después de recibir la llamada de auxilio
de Luz. Mucho antes de conocer a Eme*

Todos queremos muebles diferentes, originales y con clase. A nadie le gusta que su salón se parezca al de la vecina o que ese excelente aparador que tanto dinero ha costado sea idéntico al de tu cuñada. Por eso, busca, husmea, espía. No te conformes con lo primero que encuentres y, en caso de duda, jamás te pongas en manos de un decorador. Tu casa es tu palacio y tiene que hablar de ti, no de lo que te dicte una agencia de interioristas o una publicación de moda.

Desde el guiño el día de La Guarida, Luz, y Rebeca a su manera, habían convertido a Simón en «ese señor que escribe y que es tan bueno con nosotras». Cuando acabó la charla en la librería, pidió un taxi y las llevó hasta Merlo, donde se despidieron cortésmente. Después, una vez que abandonó Argentina, se estableció un intenso tráfico de correos electrónicos entre Luz y Simón, en los que hablaban de poesía, sobre todo poesía. Ella le comentaba los poemas y él se los escribía convencido de que aquella muchacha era el ser más solitario del universo porque solo tenía a Benedetti y a Rebeca, hasta que comprendió que con Benedetti y con una hija, nadie en el universo puede sentirse solo.

Tal vez fuera la poesía la razón por la que, cuando ella tomó la costumbre de escribirle casi a diario, él lo aceptó halagado. Y cuando ella empezó a pedirle versos, él lo hizo. Y cuando ella le empezó a consultar sobre asuntos de sus estudios, él los hizo propios. Y cuando los dos acordaron darse los números de teléfono para llamarse el día del cumpleaños, Simón empezó a rejuvenecer.

Rejuvenecer no es el fruto de las cremas antiedad. Tampoco se logra con los bonos para un SPA. Rejuvenecer no es pasar por la cirugía, por mucho que los espejismos de la belleza eterna ronden las salas de espera de las clínicas de estética. Mucho menos, atiborrarse a proteína en zumo o argumentar, consciente de la decrepitud del cuerpo, que se es joven de espíritu, como si ser joven fuera un valor y el espíritu pudiera envejecer o mantenerse en la juventud.

Rejuvenecer es otra cosa. Habita otra dimensión. Rejuvenecer es reencontrarse con los fantasmas de la niñez y afrontarlos (como le sucedió a Simón el día que guiñó el ojo a Rebeca); es sentirse capaz; es abrir el correo electrónico por ver si alguien lo necesita; es sonreír ante las torpezas de quien aún milita la juventud cronológica. Rejuvenecer es escaparse a Buenos Aires dos veces por año para ver crecer a Rebeca, como hizo. Rejuvenecer es procurarles ingresos de vez en cuando con la excusa de una corrección o una redacción o cualquier trabajo literario inventado para ello. Rejuvenecer es saber que Rebeca podría ser el ser que nunca iba a tener.

No estaba enamorado de Luz. ¡No! ¿Enamorado? En absoluto. Ni siquiera atraído. Era otra cuestión. Tampoco pena ni misericordia. Eran los ojos de Rebeca. Aquellos ojos benditos. Era la necesidad de sentirse útil. ¿O quizás la de sentirse alguien para alguien?

Enamorado, no. No podría haberse enamorado de ella como no podía haberse enamorado de nadie. Su razón no se lo habría permitido. Ni se trataba de tonteo o de vanidad. Era algo mucho más irracional siquiera que el amor: era el convencimiento de que siendo alguien para alguien, ambos saldrían ganando.

En sus correos, ella le mandaba fotografías de Rebeca, que acabó cumpliendo los once años. Y poemas rescatados de viejas antologías de Salinas, Pessoa o Celaya. Le contaba cuestiones de su vida cotidiana, y cómo perdió el trabajo en el bar y limpiaba portales y unas oficinas para conseguir plata, y cómo aquello, sin embargo, le permitía estar más tiempo con su hija, y cómo esta crecía sana y feliz, y lo bien que funcionaba el ordenador (la computadora, decía) que habían comprado con su generosa transferencia, y que Rebeca escribía y escribía y escribía y acabaría pareciéndose a él.

Las personas entran por las rendijas más insospechadas. Nunca prevemos quién se va a quedar y quién desaparecerá pronto. A veces, los avocados a la permanencia se diluyen en el silencio, como su hermano en Toronto. Otras veces, sin embargo, quienes están diseñados para evaporarse, logran, mediante un guiño a tiempo, engancharse a nuestra existencia y habitarnos los días.

Cuando Simón guiñó el ojo a Rebeca y a esta se le iluminó el rostro, él ignoraba que un raudal de mensajes, llamadas y viajes consolidarían una relación que tenía muy poco que ver con lo racional. Úrsula no lo comprendía. Nadie lo comprendería, pero la amistad entre Luz y él traspasaba la lógica, la distancia y el entendimiento, como el ascendente que se había creado con Rebeca.

Y por eso, cuando Luz conectaba el Skype y ellas dos veían a Simón, él arrinconaba su habitual melancolía y sonreía, arrugado, maduro y robusto, y se reblandecía de ternura, preguntándole a ver si escribía más que leía o al revés, y comentándole los relatos que ella le enviaba y animándola a estudiar mucho para sacar bien los cursos. Y por eso, cuando ella le telefoneó y le sorprendió en La Provenza, no pudo sino hacer la maleta, buscar un taxi, viajar hasta el Charles De Gaulle y volar hasta allí.

—Cuéntame exactamente qué ha sucedido.

—No lo sé muy bien, Simón.

—¡Por Dios, Luz! ¿Quién ha podido hacer esto a nuestra pobre Rebeca?

—¿Quién ha podido hacer esto a nuestra pobre Marisa? —musité mirando a los ojos a la tata Carmen.

Ella no contestó. Tenía la vista perdida en algún punto inconcreto del mantel, sobre la mesa de la cocina.

—Ni una palabra a tu padre —ordenó. Su voz, por primera vez en la vida, me sonó dura, distante, como a través de un filtro de frialdad.

—Algo haremos.

—Yo ya sé qué haremos, Rebeca.

23

En la playa. Enero, febrero

Tu casa es tu baluarte. Inexpugnable, con carácter, defendible a capa y espada.

No dejes que las modas te asalten; no permitas que te sitien los consejos de los interioristas.

Tú eres tu alcaide. No hay nadie que conozca mejor tu casa que tú, así que protégela de quienes quieran cambiarla y levanta la barbilla ante quien te pida combinar los cojines de otra manera, reformar las paredes o modificar la ubicación de tus muebles.

Tu casa eres tú.

A aquella primera visita de Eme al apartamento de Simón le siguió otra y otra y otra... Acudía cada día a las cuatro, subía despacio las escaleras, se quitaba el abrigo y se acomodaba en un extremo del sofá, poniéndose un cojín en el regazo y sin dejar de sonreír.

La sonrisa era tan plena, tan armónica, que lo llenaba todo.

Eme, en efecto, lo llenaba todo. Los rincones, las latas con galletas, los fondos de los cajones, siempre ordenados, las esquinas de las mesas, los estantes, las lámparas, encendidas una a una cuando declinaba la luz como en un ritual litúrgico, las cortinas corridas, los almohadones donde se acomodaba...

Eme sacó de casa el vacío.

Bromeaba sobre el orden en el que vivía él, se calentaba las manos con la taza de la infusión y echaba la cabeza hacia atrás cada vez que se carcajeaba con alguna ocurrencia. Escuchaba, observaba e intervenía con frases oportunas sugiriendo tal o cual modificación en la novela.

El primer día le devolvió el manuscrito cosido a comentarios, anotaciones a lápiz en los márgenes, verbos subrayados con colores fluorescentes, pequeños parrafitos hechos con bolígrafo al inicio y al final de los diálogos y redacciones largas con sus ideas detrás de cada página. Simón no supo muy bien cómo reaccionar, debatiéndose entre un sentimiento de complacencia y otro de agresión. Era *su* novela, y ella la había mancillado con miles de ideas. Estaba halagado por el trabajo de Eme, pero al mismo tiempo, nervioso porque todo aquel rosario de correcciones evidenciaba que, en efecto, aquella no era una novela redonda.

Hablaron largamente. Discutieron desde el primer folio sobre sintaxis, conceptos, personajes. Debatieron acerca del carácter de Rebeca, coincidieron en algunos aspectos. Se enfrentaron al hablar de la estructura...

Eme le asaltó con tres incisivas preguntas.

¿Por qué matar si se puede hacer sufrir de otras maneras? ¿Por qué decoración y no otro campo? ¿Por qué a ella, a Eme, y no a otra persona?

Simón se alargó explicando la primera respuesta, aunque sin llegar a convencerla. Fue escueto en la segunda, explicando que los paralelismos entre decorar una casa y reflexionar sobre la vida le resultaban evidentes, a pesar de que él, aunque ordenado hasta rozar la psicopatía, desconocía cuestiones de interiorismo y había tenido que documentarse. Y calló ante la tercera, miró a Eme y sonrió.

Para ella era un juego, una especie de pulso dialéctico en el que se la veía disfrutar. Para él, una experiencia tan nueva que dudaba entre rendirse ante la evidencia de no ser infalible o envalentonarse argumentando que Simón Lugar jamás había necesitado de nadie para hacer un *best seller*.

El primer día, no llegaron ni a terminar el primer capítulo, emplazándose para la siguiente tarde. Y a la siguiente tarde. Y a la siguiente.

Pasaron un mes frenético. Escuchaban a The Carpenters y a John Denver, a Joan Baez y a Georges Moustaki, y ella se burlaba de sus gustos desfasados, pero disfrutaba de la banda sonora de aquellas jornadas y de la compañía de Simón, encendido cuando hablaban del orden de los acontecimientos de la novela, de los rasgos íntimos de Enrique, del tiempo verbal...

En un par de ocasiones, Úrsula intentó telefónicamente arrancar a Simón algún compromiso, pero este le dio largas con frases evasivas y la promesa de que para el dos de febrero tendría la novela acabada, algo que ninguno de los dos creía.

Para el dos de febrero, Eme se había hecho tan habitual en el estudio de Simón que incluso preparaba ella misma la infusión y cogía los lápices negros del bote sin cuidarse de dejarlos luego en su sitio, algo que le desesperaba.

—¿Es que no puedes devolver las cosas al lugar donde las has cogido?

—¿Es que no puedes escribir con las tripas?

—¿Qué quieres decir?

—Que tu novela es muy buena, pero le faltan tripas.

—¿Y quién crees tú que eres para decirme que le faltan tripas?

—Tu invitada.

Simón se levantó de la butaca y se dirigió a la ventana. Con la frente apoyada en el cristal, lanzó un vistazo hacia la playa y comprobó que pronto anochecería. La luz se tornaba ausencia por segundos, cubriendo el paisaje de veladuras de tinta.

—¿Trabajas en la residencia? —preguntó con tono conciliador.

—Media jornada. Entro a las diez y salgo a las tres y media. Por eso cada mañana paseo por la playa antes de ir. Me gusta el aire frío.

—Nunca te había visto antes.

—Hago una sustitución. Pronto se me acabará. Y

me iré. Y ya no pasearé por la playa, aunque me seguirá gustando el aire frío.

—¿Por qué dices que debería darle más peso al tío Enrique?

—Porque se queda en la sombra.

—¡Pero tiene su importancia al final!

—Tú sabrás. Tú eres el escritor perfecto.

Simón se volvió hacia ella. La veía allí, en su sofá, entre sus cojines, hermosa, desconocida. De alguna manera, le entró la urgencia por saber más de ella.

—Háblame de ti.

—Es tarde ya. He de irme.

—¿Dónde vives? ¿Dejas el coche en el aparcamiento? ¡Si ni siquiera me has dicho tu nombre!

—Eme. Llámame Eme.

—¡Arg! ¡Eres incorregible!

—Lo que no es incorregible es tu novela, señor escritor —dijo ella poniéndose en pie y colocándose su abrigo—. Mañana seguiremos.

—¿A las cuatro? —preguntó resignado.

—A las cuatro.

El espigón que arrancaba de la parte derecha de la playa y se adentraba en el mar avanzaba tanto que, en los días de marejada, resultaba imprudente pasear por él. Las olas lo asaltaban y habrían arrastrado hasta un camión. A Simón le gustaba verlo de lejos y, solo si el Cantábrico era un plato, recorrerlo hasta la punta para ver la negra oquedad del agua. Allí se le ocurrió, un día a las tres, apenas una hora antes de que llegara Eme a casa, la escena de Rebeca, aquella que daría con el talón de Aquiles del desenlace de su novela.

Rebeca miró las últimas piedras del rompeolas y se preguntó cuánto cubriría allí. Sin duda, muchos metros.

Las olas mecían las aristas como si alguien jugara a hundir y elevar aquella mole de cemento, de manera que hasta ella, habituada a la costa, se sintió mareada.

Sería un buen sitio para Emilia Gogoarena. Lo acababa de decidir.

—¿Emilia Gogoarena?

—Sí, soy yo.

—Soy Rebeca Leeman. ¿Me recuerdas? Quisiera entrevistarme contigo por un asunto profesional. Tengo entendido que sigues al cargo de tu joyería, ¿no es así?

Llegaron más días a las cuatro y enero dio paso a febrero y febrero alcanzó su mitad en una jornada de los enamorados que ni Eme ni Simón mencionaron. No habrían encontrado motivos para hacerlo.

Cada tarde avanzaban en la novela. Él escribía fervientemente durante la mañana, casi sin detenerse a comer o respirar; arreglaba según lo hablado el día anterior, redactaba nuevos diálogos, corregía siguiendo las indicaciones de Eme, se volcaba a redefinir sus páginas y a seguir con la historia. Se le quedaban los pies y las manos frías, ni siquiera se duchaba al levantarse y se sentaba al ordenador con cierto delirio, con pasión, con tripas.

Puede escribirse con la cabeza, con las manos y con las tripas. Con la cabeza escriben los fanáticos de la norma y los novatos que siguen un manual. Los resultados suelen ser óptimos, equilibrados, bien medidos y, probablemente, comerciales, pero tienen poco que ver con la literatura.

Con las manos escriben los autores de las series, cuya principal gloria es la de estar en los escaparates cada nueve meses, agarrando un estilo o un género como si fuera la tabla del náufrago, y asiéndola con las uñas para evitar perder el momento. Teclean y teclean y apenas se paran a pensar porque, de hacerlo, jamás cumplirían los plazos.

Las tripas, sin embargo, producen bilis, desazones e incertidumbres. Dan jaqueca, despiertan monstruos, resucitan enemigos y generan novelas ambiguas, extrañas y vibrantes como el corazón de un animal recién extraído, que late aún sobre la mesa.

Las tripas no saben de horarios.

Las tripas derivan en diarreas, en dudas, en problemas de autoestima, en vulnerabilidad, en fragilidad, en dolor, en melancolía. Las tripas hacen gris cualquier mundo.

Las tripas son la metamorfosis del escritor.

A partir de las cuatro, le leía las novedades, le comentaba los cambios, la sorprendía con giros en la trama y esperaba su reacción como el alumno que es examinado. Ella sonreía y preparaba infusiones. Por los restos en el fregadero, deducía si Simón había comido o no, y le reñía si solo veía cáscaras de frutos secos por la encimera o migas de galletas.

—Si no te alimentas bien, no descansas bien. Sin buena alimentación y sin descanso, tus páginas serán malas —le reñía.

A veces, ella hacía como que no le escuchaba sus devaneos sobre la novela, le desatendía y preparaba algo que comer. Buscaba con total indiscreción por los armarios, cogía con escándalo de cazuelas y sartenes, colocaba los utensilios necesarios desplegados por la cocina, y confeccionaba cualquier plato improvisado que él devoraba hablando con la boca llena sin dejar de referirse a Rebeca Leeman y sus asesinatos.

Un día, Eme llegó con unas pizzas que horrorizaron a Simón pero que deglutió a la vez que confesaba que no había probado bocado desde el desayuno, a las siete de la mañana. Otro, la joven le obligó a callarse, a sentarse y a cocer unos macarrones, asegurándole que, si no estaban en su punto, ella no seguiría con la novela.

Y otro, hicieron tostadas en una sartén en desuso y las rociaron de aceite y orégano.

—Madame Ménerbes las prepara así.

—Háblame de La Provenza.

—Háblame de ti.

—Háblame de La Provenza.

—Y luego tú me hablas de ti.

—Ya veremos —rio Eme mojando la nariz del hombre con sus dedos manchados en aceite.

Para cuando se dio cuenta, tenía el libro casi acabado. Pensó en llamar a Úrsula, pero temió el diálogo con ella.

Para cuando se dio cuenta, Eme guardaba los lápices en el bote de los bolígrafos... y a él no le importaba.

Para cuando se dio cuenta, era uno de marzo.

—El día cuatro acaba mi contrato.

—Vaya, lo siento. ¿Vas al paro?

—Yo nunca voy al paro.

Simón comprendió que aquello era una despedida.

—¿Tú crees que un cadáver puede transportarse en una alfombra como en las películas? Cuando Rebeca Leeman se lleva el cadáver hasta el chiringuito para crucificarlo con la pistola de clavos, de alguna manera tuvo que hacerlo. ¿No?

—¡Probémoslo! —respondió Eme esgrimiendo una espléndida sonrisa, levantándose y quitando la mesita supletoria de delante del sofá. Al hacerlo, cayeron al suelo sus adornos: un candelero, una pelota de frontón, una montonera de revistas, una cajita de marquetería.

—¿Qué haces?

—¡Ayúdame a mover esta alfombra!

Levantaron una silla y la lámpara, liberando la alfombra. Entonces Eme la colocó en mitad de la habitación, se tumbó en un extremo y comenzó a embozarse en ella.

—Será mejor que me enrolles tú, señor escritor.

—¡Ja, ja, ja! ¡Estás loca!

Segundos después, la joven apenas asomaba medio rostro y los pies en ambos lados de aquella suerte de rollito de primavera de lana.

—Intenta trasladarme. ¡Veremos si Rebeca Leeman puede conmigo!

Simón arrastró la alfombra con Eme dentro hasta la puerta de la vivienda, la abrió, salió al descansillo. La puso derecha no sin esfuerzo, con ella riéndose en el claustrofóbico interior del improvisado invento.

—¡A ver si puedes echárteme encima!

Se la colocó sobre el hombro derecho, el del accidente con el BMW, y sintió un agudo dolor que le hizo soltarla, cayéndose por las escaleras. Asustado, bajó tras ella e intentó desenrollarla, pero no había sitio en el descansillo. Dentro, Eme no paraba de carcajearse. Simón se puso nervioso.

—¿Estás bien? ¿Estás bien, Eme? ¿Te has hecho daño?

—¡Ja, ja, ja! Esto es más mullido de lo que parece. ¡Ja, ja, ja!

Por fin, ella se zafó de la alfombra y se puso en pie, frente a él. Estaba sudada, despeinada y con el rostro desencajado de reírse; tenía lágrimas corriendo por sus mejillas enrojecidas.

—¡Espero que la Leeman tenga más fuerza que tú, cincuentón! ¡Ja, ja, ja!

—Venga, subamos a casa. Estamos locos.

A Rebeca le costó sobremanera enrollar el cadáver en la alfombra, y más aún llegar hasta la furgoneta. Por un instante, con el pánico en sus ojos, pensó si no sería demasiado arriesgado haberla alquilado en el mismo lugar que el todoterreno con el que había terminado con Larraskitu, pero dedujo que no, y que el servicio de desinfección del lavacoches la dejaría impoluta.

Larraskitu era un cabrón y se merecía que le aplastaran la cabeza. Se lo merecía no por su investigación, sino por lo que hizo aquel fin de semana en el refugio de esquí. O por lo que no hizo.

Un monitor *scout*, por jovencito que sea, ha de estar siempre atento a sus chavalas y chavales.

24

En la playa. Eme, Simón y el burofax.
La cursilada de decir «idos»

Apura la vida como quien decanta un buen vino, lo sirve en una copa apropiada y lo degusta después de sentir su aroma inundando el cerebro.

Una bodega en casa siempre es un detalle a tener en cuenta.

Eme y Simón apuraron los últimos días juntos rematando la novela como si les fuera la vida en ello. Quizás porque les iba. Todo transcurría con febril entusiasmo, con ímpetu adolescente, entusiasmados por ver que las piezas encajaban y que la obra no habría de terminar en la papelera.

Él leía y ella escuchaba. O al revés, y él descubría, en la voz de Eme, que una frase no funcionaba o que un párrafo necesitaba arrancar de otra manera.

A veces ambos callaban, quizás porque consultaban dudas en internet o porque reflexionaban sobre algo, o simplemente porque estaban a gusto inmersos en la trama, sin necesidad de sonido alguno.

Simón decidió que ya era hora de salir de su condición de abstemio, y descorchó una botella de vino que, tras dejar que se oxigenara, sirvió en dos rotundas copas. Eme miró el caldo, lo olió y lo saboreó lentamente. Él lo que saboreó fue el instante. Partió queso y pequeñas fracciones de pan. Eme era lo más parecido a Luz que había encontrado, aunque no se parecieran en nada.

—Quiero hablarte de Luz.

—¿Alguna antigua novia, señor escritor?

—Luz vive en Buenos Aires con su hija, Rebeca. Las conocí cuando visité Argentina para acabar *Las otras voces lentas*. Era la camarera del bar al que acudía cada mañana, en el barrio de Merlo, a hablar con la gente y a documentarme sobre el corralito. Fue una semana intensa. Unos tipos me amenazaron y me pegaron, supongo que temerosos de que metiera las narices donde no me importaba, y Luz estuvo atenta conmigo. Me curó la herida y me sonrió. A veces es de agradecer una sonrisa.

Eme escuchaba atenta, con su copa en la mano, sentada sobre los pies, en el sofá. No cabía duda que oír a Simón era más balsámico que leerle.

—Aquel día yo hablaba en una librería del centro, en La Guarida. Incité a Luz a acudir, supongo que por cortesía. Bueno, por cortesía y porque me había dicho que le gustaba la literatura, en especial la poesía. La cosa es que fue, con su hija, la pequeña Rebeca. ¿Y sabes una cosa? La cría me dijo que le gustaba escribir. Bueno, la verdad es que no sé si fue aquella misma noche o en los días siguientes, pero Rebeca me dijo que le gustaba escribir, y que escribía para huir. Esa frase me impactó. Esa frase y su manera de mirarme. ¿No te ha sucedido nunca que alguien te mira y de inmediato tiende un puente?

—Sí. A mí me pasó contigo.

Simón se ruborizó. Agarró la botella y rellenó las copas. Metió un trozo de queso en la boca de Eme, entre brusca y delicadamente, y la obligó a callar.

—¡No me interrumpas! —Rio—. La cosa es que frecuenté a Luz y a Rebeca. Me parecían los seres más indefensos, tiernos y cálidos del universo. Al menos, de mi universo. ¿Sabes? No me caracterizo por mi vida social...

—Ya, ya. No hace falta que lo jures. ¡Ja, ja, ja!

—¡Oye! ¡Un respeto! —bromeó él.

—¿Y qué pasó con Luz y Rebeca?

Simón ensombreció, se levantó, dejó la botella en la cocina y regresó al ordenador. Eme comprendió que algo había sucedido con ellas.

—¿Te he molestado?

—No.

—¿He dicho algo inapropiado?

—No.

—¿Hay algo que quieras contarme, Simón?

—Trabajemos. Tenemos una novela que rematar.

Eme suspiró, recogió con parsimonia las copas y el plato de queso, el cesto de panecillos y las servilletas, y se sentó junto al hombre para continuar revisando el párrafo de la confesión de Marisa. Entendía que el vínculo entre Simón y sus amigas argentinas era más íntimo que lo que podía explicarse en una simple conversación.

En ocasiones, el alma habita diferentes vidas.

Transcurrían las horas. Simón parecía haberse relajado y Eme, cansada de leer frente a la pantalla, tomó varios folios para revisar las anotaciones manuscritas. Habían vuelto a relajarse.

Él la miraba de reojo y se preguntaba por qué hacía todo aquello por él. Ella lo miraba de reojo y se preguntaba por qué un acto tan sublime como escribir podía llevar a un ser humano a tanto sufrimiento.

Las paredes del apartamento se hicieron grises en los ángulos a los que no llegaba la luz de las lámparas.

Y llegaron otro día y otro.

Nada parecía poder enturbiar aquella gratificante sensación de trabajo en común, pese a que, de vez en cuando, a Simón le asaltaba el miedo a lo que habría de suceder cuando entregara la obra y Eme diera por concluida su labor.

Y entonces sucedió algo que ninguno de los dos sospechaba, algo que iría a cambiar el tramo final de la tarea.

Aquel día, Rebeca y Marisa acudieron juntas a la zona de bares. No era la primera vez que lo hacían. Marisa había construido su vida lejos de los Leeman y de la casa familiar, al otro lado de la Ría, con un empleo bueno y un pisito de soltera sencillo y coqueto en cuya decoración ambas habían participado, y se veían con frecuencia; no tanto, quizás, como ambas querían, pero sí con cierta periodicidad.

Cuando entraron en El Indio, un lugar de copas y buena música, Marisa se mostró nerviosa.

—¿Qué pasa?

—Rebeca... Aquellos del fondo... Me caen mal. Preferiría irme de aquí... —explicó.

—Los conozco de vista. Emilia Gogoarena iba a mi colegio. Es la de las joyerías.

—Sí. El resto son amigos suyos. Tengo esas caras grabadas. No me gusta encontrarme con ellos. Los odio. Los odio, Rebeca. Los odio, vámonos.

—¿Los de la cuadrilla de Emilia?

—¿Recuerdas cuando teníamos doce años? ¿Recuerdas cuando fuimos a esquiar?

—¡Cómo no voy a acordarme! Mi tío Enrique te consiguió el equipo... y... ¡ja, ja, ja!... tuvimos que ocultar a mi padre que venías con nosotros, los del grupo *scout*. A mi padre le habría dado un infarto si se entera que vienes. Mi padre siempre ha sido un cretino para eso. Pero... ¿qué tienen que ver Gogoarena y sus amigos con lo de cuando fuimos a esquiar?

—Ha sido la única vez que he ido a esquiar. Tu tío Enrique se portó muy bien conmigo. Siempre se ha portado muy bien. No como tu padre... —Marisa bajó la vista y suspiró—. Ni como los del grupo *scout.*

Hubo un silencio largo, denso, plomizo. De haber tenido color, habría sido un silencio gris. Rebeca no reconocía a su amiga. Se le había desdibujado el rostro y mostraba una mirada entre vencida y encorajinada.

—¿Hay algo que quieras decirme?

Marisa miró al infinito.

—Estábamos alojados en una especie de albergue. ¿Te acuerdas? En habitaciones de ocho. A mí me tocó contigo y con unas cuantas más. Una noche, cuando salía de la ducha... tú no estabas... tú ya habías bajado al comedor... Para tener doce años, tú eras muy madura, muy responsable. Yo... yo salía de la ducha envuelta en una toalla... Emilia Gogoarena me la quitó y me dejó desnuda. Las otras se reían, sin mucho escándalo para no alertar a los monitores. Llamaron a otras niñas y a los niños que quedaban en el piso. Se burlaron de mí. Yo tiritaba, chorreando agua. Por fin, Emilia me echó la toalla y me dijo que me vistiera... Y al resto les dijo que no se rieran de mí porque yo era una niña pobre, hija de una sirvienta pobre y que seguiría pobre toda mi vida.

Marisa calló. Rebeca le agarró del brazo. No sabía si abrazarla o acariciarla o alejarse de ella, sumida como estaba en el desconcierto. Se sintió marear.

—Lo que más me dolió —explicó Marisa— no fue que me vieran desnuda o que me llamaran pobre. Lo que más me dolió fue el tono con el que llamó sirvienta a mi madre.

—Marisa... Yo... No sabía nada. ¿Por qué has tardado

tantos años en contármelo? Aquello sucedió hace más de treinta años. No tenía ni idea. ¡Ni idea!

—Nunca se lo he contado a nadie. Mucho menos a mi madre. Lo he llevado siempre conmigo. Hoy te lo he dicho porque... no sé por qué. Porque así ha sido.

Sucedió algo que ninguno de los dos sospechaba, en efecto. Algo que iría a cambiar el devenir de quellos días.

Simón recibió un burofax de la agencia diciéndole que, de no tener el manuscrito listo para el quince de marzo, Úrsula Fibonna y su equipo emprenderían acciones legales para rescindir el contrato de representación con él. Lo leyó una y otra vez. Era un texto escueto, frío, profesional, sin atisbos de empatía. Sin duda, un farol, una amenaza a la que ni siquiera quiso dar crédito, por lo que no llamó a su agente y se limitó a conservarlo en el cajón de asuntos pendientes. Sin embargo, sabía que tal vez no fuera solo un tirón de orejas. Tal vez sí estuvieran pensándose cancelar el contrato, harta Úrsula de sus retrasos y sus vaivenes, humillada por los desplantes, agobiada por no poder cumplir sus sueños financieros a hombros del gran Lugar.

Lo guardó y se dedicó con ahínco a cumplir los deberes que le había impuesto Eme la tarde anterior, revisando el pasaje de la confesión de Marisa en El Indio y sintiendo cómo, a la vez que se le agriaba el estómago por la presencia del burofax, se le agriaban las frases que quedaban en el ordenador. ¡Es tan previsible la causa-efecto en un escritor!

Cuando, a las cuatro, llegó Eme, se mostró sin novedad, risueña, cómoda, como si hubiera habitado aquella casa desde siempre... o como si la fuera a habitar siempre.

Transcurrieron las horas sin estridencias, él pensando si debía comentarle lo de la agencia y el burofax, ella repasando una y otra vez los párrafos del espigón, anotando en rojo sus ideas y doblando la esquina superior izquierda de los folios que iba a releer con posterioridad.

Por fin, al filo de las ocho y media, él abordó el tema.

—Cuando dejes el trabajo en la residencia, podrás venir también por las mañanas —sentenció Simón poniendo la mesa.

Había decidido que cenarían los dos a las nueve, estuviera el libro en el punto que estuviera. Incluso había ido por la mañana al supermercado a pie y había comprado cosas.

—¿Vamos a cenar? ¿Vino y queso?

—He comprado.

—¿Ya tienes el coche? ¿Te lo han devuelto del taller?

—Sí. Es decir, no. Me han avisado que ya está arreglado, pero no, no he pasado a recogerlo. He ido al pueblo, a comprar cosas para cenar. He ido andando.

—¿Andando? ¿Y no has escrito esta mañana?

—Hasta las diez.

—Voy a tener que reñirte —sonrió Eme.

—Reñirme, ya me riñe mi agente. Mira.

Sacó con aire derrotado el burofax y se lo extendió. Eme lo leyó despacio. Sus ojos recorrieron la hoja una y otra vez. Al principio, con gesto grave y adulto; luego, relajando el rostro. Levantó la cara; miró a Simón; volvió a leer; volvió a mirarlo. Él aguardaba en pie frente a ella, nervioso, urgido. Y Eme se echó a reír con una carcajada acuosa y sincera. Agarró de la mano a Simón y lo arrastró hasta la puerta del apartamento.

—¡Sígueme! ¡Tanto venir yo aquí por las tardes nos ha dejado sin playa! ¡Sígueme! ¡Corre!

Le hizo bajar las escaleras a saltos, a trompicones, casi cayéndose, hasta llegar al portal. Salieron a la calle, donde los recibió una bofetada de aire frío, y recorrieron el sendero hasta la rampa. Allí le soltó la mano para adelantarse en una carrera, sin dejar de mover los brazos y carcajearse. Eme estaba desbocada. Parecía un potro jugando en la pradera. Desde la playa, siguió gritándole que corriera, que la alcanzara, ondeando el burofax como un trofeo.

—¿Qué haces?

La oscuridad se acomodaba sobre los perfiles inciertos del acantilado, sobre la playa, sobre el agua. Los grises pintaron sus pasos y el frío daba cobijo al momento. La noche, asomándose tras las últimas luces, estaba desapacible y pendenciera.

—¿Te acuerdas cuando tirabas palos al mar?

—¡Es de noche! ¡Hace frío! Al menos teníamos que haber cogido los impermeables...

—¡Pero qué cuadriculado eres, Simón Lugar! ¡Ven! ¡Agarra esto! —Y le tendió el burofax convertido en una bola de papel—. ¡Tira esta tontería al mar!

Simón obedeció.

Las neuronas se relacionan mediante un proceso llamado sinapsis. Los neurólogos lo han estudiado concienzudamente y han llegado a conclusiones asombrosas como que las endorfinas ayudan a tender esos puentes neuronales o que la intuición y la razón nacen en el mismo lugar del cerebro y con mecanismos absolutamente idénticos. Si pudiéramos espiar la cabeza de un escritor, es probable que algunas de esas teorías sucumbieran ante la evidencia de una fuerza ignota, superior y tamizadora que hace que sea en las tripas donde surgen las mejores ideas o, al menos, las motivaciones para que la neurona A y la neurona B se alíen para crear un párrafo, un verso, un beso o una bola de papel arrojada al océano.

La bola de papel no llegó al agua. El viento la mantuvo en el aire, le hizo dibujar dos o tres caracolas y la obligó a aterrizar a unos metros de ellos. Ambos corrieron a recuperarla y Simón volvió a lanzarla, con idéntico resultado.

—¡Vamos! ¡Tírala al mar, Simón Lugar! —reía ella, correteando alrededor del hombre.

Estaban empapados, con el frío instalado en sus huesos y los rostros cubiertos de gotas, no se sabía si de lluvia o de océano.

—¡Tírala al mar y manda a la mierda a esa cuadrilla de castradoras que no te dejan escribir lo que quieres! ¡Tira este papel al mar, Simón Lugar! ¡Tíralo al mar y escribe lo que quieres! ¡Libérate! ¡Despréndete de lo que te ahoga! ¡Manda a la mierda todo aquello que no te deja ser el escritor que quieres ser!

—¡Vete a la mierda, carta de los cojones! ¡Vete a la mierda, burofax! —gritaba él convencido, ajeno al frío en sus pulmones y a que Eme lo observaba con entusiasmo—. ¡Vete a la mierda, Úrsula Fibonna! ¡Dejadme en paz! ¡Dejadme crear en paz! ¡Dejadme vivir en paz! ¡Dejadme hacer lo que me dé la gana! ¡Vete a la mierda, escritor de *best sellers*! ¡Idos todos a la mierdaaaaa!

—¡Simón! —le dijo Eme acercándose a él tanto que sus alientos fueron uno.

—¿Qué? —reaccionó el hombre, aún con ambos brazos en alto y el papel arrugado en su mano. La miró de pies a cabeza.

—Simón... has dicho «idos». Has dicho «idos a la mierda». ¡No seas cursi, señor escritor, todo el mundo dice «iros». ¡Con erre! Si vas a mandarnos a la mierda... ¡ja, ja, ja! —exhaló una sonora carcajada—, ¡al menos mándanos a la mierda sin cursiladas, con las tripas! ¡Con las tripas, Simón! ¡Con las tripaaaaas!

25

Buenos Aires, Luz le explica la razón
para sacarlo de la Provenza

Haz de tu casa lo que quieras que sea tu vida. No al revés. Huye de los estereotipos. Ni tú eres infalible ni tu casa es inamovible.

Un cojín a tiempo vale una vida.

—Escribiré un libro y pondré el nombre de tu hija a un personaje mío —le dijo a Luz—. Mientras, me preocuparé de que no os falte de nada. ¿Qué necesitáis? ¿En qué puedo ayudaros? ¡Cuéntame qué ha pasado con la niña! ¡Aún no me lo puedo creer!

Para un escritor, poner nombre a un personaje, además de jugar a ser Dios, es incluirlo en el elenco de personas que le van a influenciar. No se trata tanto de elegir entre quienes influyen para robarles el nombre, sino, muy al contrario, elegir un nombre que se sabe que, a la postre, se va a quedar con el autor para influirle de por vida.

El comisario Abásolo lo tenía claro. La coincidencia en los años de las víctimas era un dato tan evidente que hasta el imbécil de Larraskitu se había percatado. Sería tan sencillo como volver a interrogar a familiares o amigos y deducir qué vínculo podían tener: ¿el mismo colegio? ¿la misma promoción universitaria? ¿la misma puta parroquia y la misma catequesis? Bastaba con pensar en lugares o actividades para las que se requiera ser del mismo año. Seguramente, los muertos se conocían entre sí. ¿Es que nadie se había dado cuenta de aquello? Y seguramente, el asesino o los asesinos también. Larraskitu era un incompetente y aunque no se merecía lo que le sucedió, estaba claro que jamás habría resuelto el caso.

—¡Mielgo! —gritó.

Inmediatamente, el sargento Mielgo entró en el despacho.

—Que venga el forense. Hay algo que no me cuadra en todo esto. ¿Cómo es que en la autopsia no se ha encontrado ninguna sustancia inmovilizante? Vistos los cuerpos, está claro que tuvieron que reducirlos antes de matarlos. ¡¿Y qué sabemos del análisis del cabello rubio aparecido donde el pintor?! ¡Joder, qué lento es todo!

Simón miraba a Luz y sentía que aquella mujer vitalista y sonriente había envejecido veinte años de golpe. No era la jovencita descarada y segura de sí misma que se presentó en el callejón cuando los dos tipejos le abrieron la ceja. Tampoco la frenética amante de Benedetti que le escribía correos electrónicos uno tras otro, que le preguntaba sobre poesía y sobre sus apuntes en la escuela nocturna, que le asaltaba con mensajes y le mandaba versos sueltos cuando a este lado del océano eran las cuatro de la mañana. Mucho menos, la madre orgullosa que acudió a La Guarida con Rebeca, sino, al contrario, la madre torturada que no comprendía quién había hecho aquello a su hija.

Abrió la carpeta con los informes. Volvió a revisarlos. Había datos que no casaban. Larraskitu, sin embargo, había anotado en un papel suelto algo que le hizo detener la vista.

«Rebeca Leeman.»

¿Rebeca Leeman? ¿La de los Leeman? ¿Qué tenía que ver Rebeca Leeman en todo aquello? ¿Por qué Larraskitu había apuntado ese nombre en el informe? ¿Es que había alguna conexión entre los muertos y Rebeca Leeman?

Cogió aquel papel, se lo metió en el bolsillo del pantalón y aguardó a que llegara el forense.

—Cuando tuve a Rebeca, vivíamos en la otra punta de Buenos Aires, en un barrio copetudo, de veredas anchas y zaguanes amplios con encargado. Yo trabajaba en una casa como mucama, con uniforme y guantes blancos. Era la casa de los Garay de Urbina, gente con plata metida en todo tipo de comercio de tejidos. Una familia muy buena y muy honrada. Desde que nació

Rebeca, y a pesar de mi soltería, los señores Garay de Urbina se portaron excelentemente conmigo y me permitieron mejor horario y librar cada dos fines de semana. No sé si existen los ángeles, pero, de existir, en aquella época mi ángel fue el señor Garay de Urbina. Rebeca crecía sana, risueña y cariñosa. Por Navidad, los señores le regalaban algún juguete y, en cada cambio de temporada, me daban ropas de sus hijas para que la llevara siempre lindísima. Para su tercer cumpleaños nos sorprendieron con una bicicleta pequeña y coqueta, una de esas con canastita delante, timbre y luz.

—Conozco esta historia, Luz. Me la contaste cuando os conocí, aquel día tras La Guarida. Me has hablado mil veces de Rebeca en tus correos. No... no comprendo qué pasa ahora, por qué me has llamado. ¿Por qué me has sacado de La Provenza y me has hecho venir? Tengo una paliza enorme en el cuerpo. Ayer cogí un taxi hasta París y después un avión hasta aquí. No sé en qué hora vivo. ¿Puedes explicarme qué sucede? ¿Qué es eso de que Rebeca está en el hospital? ¿Tiene que ver con los Garay de Urbina? Me dijiste que cuando dejaste el trabajo todo fueron parabienes, que acabaste sin conflicto con ellos, que abandonaste aquel trabajo para tener más tiempo para Rebeca, que incluso te buscaron lo del bar de Merlo aunque a ellos lo del barrio de Merlo no les gustaba... ¿No fue así? ¿Tienen que ver los Garay con lo que le ha sucedido a la pequeña?

—Nada que ver, nada que ver, Simón. Terminé muy bien con ellos. Ellos son los que, ante mi insistencia en venirme al barrio, me consiguieron un arrendamiento muy bueno en esta casa... No. No tiene nada que ver con ellos. Casi no tenemos trato ya, pero por Navidad siempre me envían cosas y tratan muy bien a Rebeca. La señora lloró mucho cuando los dejé.

—¿Entonces? No... no entiendo por qué me cuentas todo eso, por qué me has hecho venir...

—¡Yo no te he hecho venir! ¡Has venido porque has querido!

—He venido porque he querido, sí. Por supuesto. Y porque me importáis. ¿Por qué iba a venir si no? Pero no te enfades conmigo. Aquí estoy. Sabes que no te iba a fallar.

—Nunca entendí la razón que te lleva a seguir a nuestro lado.

Luz se echó a llorar. Simón respiró nervioso, se desanudó el pañuelo alrededor del cuello y se abrió la chaqueta, inclinándose hacia Luz y mirándola directamente a los ojos a la vez que la abrazaba. De pronto, todo el cosmos residía en aquella mujer; todos los habitantes del planeta tenían su mirada. Y él se reconciliaba con la sociedad y se hacía uno con la esencia del ser humano.

—He venido porque he querido. Cuéntame qué ha sucedido. Qué ha pasado con la pequeña Rebeca.

Marisa sacó una brida de plástico y se la colocó uniendo sus tobillos. Ni siquiera pestañeaba. La apretó tanto que inmediatamente se le enrojeció la piel hasta el punto de empezar a sangrar.

A continuación, se amarró las muñecas con otra brida, ayudándose de los dientes. Solo quedaba saltar, arrojarse al rompiente y permitir que el mar, bendito mar, hiciera el resto.

Un soplo de viento le empapó con salitre el cabello. En su frente, las palabras de Emilia Gogoarena aquel día de hacía treinta y dos años, en el albergue de la estación de esquí, cuando la desnudó delante de todos y se burló de su madre y de ella.

Solo tenían doce años.

También, las de hacía apenas dos días, cuando la misma Gogoarena se topó con ella en los váteres de un pub del centro de Bilbao.

Las bridas le cortaron la circulación. El espigón, convertido en un trampolín, le pedía que zanjara de una vez por todas con la humillación.

Y así lo hizo.

Con la vista ausente, su cabeza rememoraba las risas groseras de Emilia Gogoarena, con el carmín corrido, y las carcajadas de sus amigotes, las mofas, el agarrón del pelo, los insultos en el lavabo, las manos del pintor palpándola con lascivia, el miembro del sexador de pollos restregándose contra ella... ¡Estaban todos tan borrachos! Y la maldita periodista junto a Emilia, desternilladas. Marisa pedía compasión y lloraba, sintiendo el grifo golpeándole en la cabeza con cada empellón de cada hombre, viendo el techo diluirse en el dolor de sus ingles.

Marisa, en la punta del espigón, veía su vida pasando ante sí, aún de pie, con la mirada gris. Una vida de escaparse de aquella gente desde que tenía doce años. Una vida de huir de encontronazos con Gogoarena y los suyos. Una vida soportando que le recordaran que era la pobre hija pobre de la puta del tío Enrique. Una vida odiando la palabra *scout*, la palabra esquí, la palabra pobre, la palabra monitor. ¿Es que no había monitores en aquel albergue? ¿Es que Larraskitu era idiota? ¿Dónde se había metido? ¿O es que Larraskitu simplemente era el típico monitor imbécil que no se enteraba de lo que sucedía en la habitación de las chicas?

Una vida absurda.

Una vida ocultándoselo al mundo.

Una vida asfixiante.

Una vida que acababa en las olas del espigón.

—Y si dices cualquier cosa a alguien, te las verás con nosotros. Y mucho menos a Larraskitu o a Rebeca —le dijeron en el albergue *scout* la noche de la toalla, aún niñas.

El mar es el purgatorio de los desgraciados.

—Y si dices algo, acabamos con tu madre —le dijeron la segunda vez que la humillaron, un día cerca de casa, pegándole chicles en el pelo, con trece o catorce años.

El mar es un edredón gris bajo el que ocultarse de los monstruos.

—Y si dices algo —le dijeron un día, mientras le fotografiaban la cara con una polaroid tras haberle escrito con rotulador «Leeman, hija de puta»—, enviamos estas fotos al padre de tu Rebequita para que eche a tu madre.

El mar es cómplice de los débiles. De los aturdidos. De aquellos a quienes se les quiebra el alma para siempre.

Llevaban toda la vida haciendo lo mismo cada vez

que le echaban mano, como cuando se rieron de ella en un aparcamiento, como cuando la ridiculizaron en un topetazo en la Semana Grande, como cuando la obligaron a entrar en el estudio del pintor amenazándola con atacar a su madre si no accedía y, una vez en él, le dijeron que se marchara, que ella era una paleta de colegio barato que nunca entendería de arte.

—Y si dices cualquier cosa, sabes que volveremos a hacerte lo mismo —le dijo Emilia Gogoarena escupiéndole restos del cubata en la cara, en el pub, hacía dos días, después de que la violaran entre todos—. Y diremos que el tío de tu amiga Rebequita se tiraba a tu madre.

El mar estrellaba con furia el cuerpo inerte de Marisa contra las rocas del rompeolas, quién sabe si aún con vida o si ya cadáver, tobillos y brazos atados con las bridas.

26

En la playa. Marzo

Con frecuencia, para empezar de cero hay que tener
valor y tirar cosas a la basura.

Una mujer soltera da a luz en un hospital para gente
humilde al norte de Buenos Aires. Ha llegado de madrugada, con pequeñas pérdidas que acaban en rotura
de aguas. Sin comprender por qué, le insisten varias veces sobre si no hay un padre, sobre si hay familiares,
sobre si está sola. Sola. Absolutamente sola. Sola en la
espera, en el paritorio, en la vida. Es la sirvienta de los
Garay de Urbina, pero se siente el ser más minúsculo
del universo.

El parto es rápido, doloroso, sin que la anestesia haga efecto o, quizás, sin siquiera administrársela. Un
parto salpicado de silencios cómplices. Un parto siniestro. Nadie dice nada allí. Ella expulsa al bebé y sonríe,

agotada y rendida, empapada, con el cabello pegado a la frente por el sudor y los labios rotos. Levanta la barbilla y espera que le entreguen a la criatura, una niña.

Cuando le dicen que está muerta, ella se resiste a creérselo y lucha para que se la enseñen, pero ya se la han llevado. No es posible. Ha oído el llanto. Grita. Exige ver a su niña. Patalea. Pide que le enseñen a su niña. ¿Qué es eso de que está muerta? ¡Ha oído el llanto! ¡La ha oído!

Los baldosines blancos de la sala comienzan a girar en torno a su cuerpo en camisón. La retienen. Pelea. Intentan inyectarle algo. Se levanta con las mejillas arrasadas por las lágrimas y el gesto torcido, sangrando y batiendo los brazos con golpes y manotazos. Vuelan bandejas con utensilios, que caen al suelo con gran estruendo metálico. Se derrama un gotero. Va descalza y se patina, cae, se golpea, se alza inmediatamente pese a la hemorragia de su sexo y el reguero de sangre que va dejando. Ni la médico ni las dos enfermeras logran detenerla cuando sale al pasillo y persigue a una cuarta mujer que se lleva a Rebeca en brazos. Con las piernas empapadas en sangre y fluidos, y con la vía de plástico colgando del brazo y la cara desencajada, alcanza a la pequeña y comprueba que está viva. ¡Está viva! ¡Rebeca está viva! ¡Su hija está viva! Chilla fuera de sí, insulta a la partera, le golpea con furia, llora, la acusa de haberle intentado robar a su niña... ¡Está viva! ¡Su hija está viva!

Para entonces, toda la planta del hospital se ha enterado del escándalo y madre e hija están a salvo.

Es un episodio dramático que no termina en el hospital. Los señores Garay de Urbina hacen del caso un asunto de familia y demandan a la partera, al equipo del parto y a la gerencia del hospital, ganando los pleitos y consiguiendo, después de dos años de litigio, que el personal y la gerencia salgan exculpados pero que aparezca como única responsable la matrona, que al parecer tiene amenazadas a sus subalternas, dictándose en su contra una condena de prisión como responsable última del intento de robo del bebé.

Son largos meses de abogados, reuniones, testificaciones. Luz se nubla y encuentra en la poesía y en los ojos de su hija la única tregua a sus pesadillas. Cada vez que recuerda la escena ante procuradores, jueces o peritos, una losa de miedo y vértigo se apodera de ella. Solo Benedetti parece empatizar con su soledad.

La vida se va enderezando cuando Rebeca crece, y Luz va alejando el episodio al menos de su discurso, a pesar de que siempre, siempre, habrá una amenaza agazapada tras cada sombra, y es frecuente que se levante en mitad de la noche a comprobar que su niña duerme. Hay capítulos imposibles de cerrar.

Luz deja la casa de los Garay de Urbina. Luz empieza una vida de cero. Luz sonríe. Luz se contrata en un bar, y en otro, y en una tienda una temporada, y limpia un portal, y aprende a ser madre, y ve a su hija avanzar ajena al día de su nacimiento.

Luz es un bosque de emociones, un cuaderno de melancolía en el que escribe y borra los renglones de su vida. Luz es madre, ante todo, semana a semana, año a año.

Luz conoce a Simón, ese señor tan gracioso, ese escritor generoso por quien Rebeca escribe. Luz aprende a confiar en un hombre que vive al otro lado del Atlántico, quizás por eso mismo.

Pero sucede que los fantasmas nunca mueren y reaparecen cuando menos se los espera y algo hace que la vida de Luz y Rebeca vuelva a ponerse en el filo del abismo.

Eme escucha la narración de Simón. No comprende cómo este es capaz de contener las lágrimas. En ocasiones, la voz se le vuelve ronca y es apenas un susurro. Comprende que el vínculo que tiene con Luz y Rebeca trasciende de las relaciones habituales. Es la historia de personas reales, no de personajes sobre el papel.

Haber dicho nada en aquel instante, haberle pedido alguna explicación o haberle solicitado algún matiz habría sido grosero. Ella calla y atiende a Simón, transportado, deseoso de contarle la historia de Rebeca, quizás por justificar el nombre de su protagonista o, quizás, por abrir el alma a la primera persona que se le ofrece para ello.

Tiene una copa de vino en la mano. No así Simón, quien, de pie delante del ventanal, continúa con su narración.

Ha oscurecido al otro lado de los cristales. Él, desfondado, ha arrojado el burofax al agua, ha gritado una y otra vez que le dejen en paz, que no quiere ser un escritor de novelas comerciales, que odia a su Úrsula Fibonna, su agente, y a cuantas personas le limitan. Ha permitido que las olas le mojen los pies, observando en la negrura del mar cómo el burofax se hundía en unos breves segundos, metáfora de lo sencillo que es ahogar las limitaciones.

Después, agotado, aterido y gris, ha mirado a Eme, ha permitido que esta le tomara de la mano y se ha dejado guiar hasta el apartamento, donde ella le ha sacado ropa seca del armario y le ha abandonado para que se cambiara mientras calentaba la cena.

—¿Cómo te sientes?

—Raro.

—Estoy orgullosa de ti.

Cuando terminaron de cenar, Simón le pidió que se quedara un poco más. Sabía que el fin de Eme en su casa iría unido al fin de la novela, pese a lo cual necesitaba terminarla cuanto antes, quizás para escribir algo que no tuviera que ver con Rebeca Leeman ni con asesinatos, sino con puestas de sol más allá de las colinas de lavanda de La Provenza.

Tomaron té caliente y escucharon música. Él quería decirle que pasara la noche allí, escribiendo, terminando las pocas páginas que quedaban para rematar el libro; que permitieran que les alcanzara la madrugada; que no lo abandonara.

Sin embargo, sintió la acuciante necesidad de contarle lo que había sucedido con Rebeca y por qué un día huyó de La Provenza rumbo a Buenos Aires.

Una niña en el colegio dice a la pequeña que su madre es soltera y puta y que trabajó en casa de los señores porque se acuesta con el señor Garay de Urbina. Le asegura que lo sabe todo el colegio porque lo sabe hasta la directora, y que las otras madres lo comentan. Rebeca se revuelve, se queja, llega a pegarla. Salta los dientes a su compañera de patio.

La Dirección de la escuela, en manos de una mujer nueva, seria y distante, es tajante: conductas como aquella no se pueden consentir. Con diez años, la niña debería saber comportarse. Rebeca y su madre son amenazadas con una expulsión si vuelven a repetirse los hechos.

La directora, que ha convertido la presencia de Rebeca en una cuestión personal, la vigila, ajena la niña a los verdugos del pasado. La acusa varias veces sin razón; la castiga uno y otro día; la humilla públicamente.

Por fin, un día la llama a su despacho y allí, junto con otra mujer, es obligada a reconocer que su madre es soltera.

Primera bofetada.

—¿Verdad que tu mamá te deja sola cuando trabaja los fines de semana?

—No. Mi mamá nunca me deja solita.

Segunda bofetada. Las dos mujeres se sonríen.

—¿Y es verdad que tu mamá, tal y como dicen los niños de la clase, se encamaba con el señor Garay de Urbina?

—No. ¡No! ¡Eso es mentira! Mi mamá trabajó allá, pero mi mamá es buena...

Tercera bofetada.

Rebeca llora. Luego la agarran de las axilas, la sacan del despacho, la arrastran por los pasillos de la escuela y la conducen al aula, donde, de un empujón, la obligan a colocarse entre la pizarra y sus compañeras. Mandan salir a la profesora. Rebeca queda expuesta. Rebeca gime; no comprende. Rebeca está hipnotizada por la violencia de la situación. Las dos mujeres explican que la niña es fruto del pecado, que su madre es ramera pero que no por eso hay que tratarla mal.

Cuarta bofetada.

Y que como la quieren mucho, hay que enseñarle que está muy feo ser hija de una mujer así, y que se pongan en fila y le den cada quien una cachetada para que aprenda, y así reaccionará y ya no se pegará con las demás niñas del colegio cuando le digan las verdades como puños.

Bofetada.

Rebeca deja de llorar.

Bofetada.

Hay risas en el aula. Luego silencio. Algunas alumnas se niegan a pegarle y son obligadas.

Bofetada.

Otras, sin embargo, le dan tan fuerte que la directora y la otra mujer han de sujetarla para que no se caiga. Rebeca moquea. Rebeca huye a algún párrafo escrito, a algún verso oído. Rebeca piensa en su madre y quiere llamarla a gritos, pero el sonido no sale de sus labios: sus cuerdas vocales se han acurrucado, presas del terror. Rebeca no comprende. Rebeca se acuerda de Simón.

La directora mira a la otra mujer y le dice que es lo mínimo que puede hacer por ella, después de que esa puta la mandara a la cárcel.

—Gracias, hermana.

—No hay que darlas. Esta pendeja habría estado muchísimo mejor con una buena familia y no con la ramera de su madre. Cuando me destinaron a este colegio y vi su apellido en el listado, me dije: es una señal de Dios para resarcir a mi hermana. La gente es tan estúpida que no se da cuenta de que condenar a una criatura a vivir con una madre pecadora es condenarla a la desatención. ¡Y encima mandan en cana a quienes procuran buenas familias a estas pendejas de mierda!

Bofetada.

Rebeca se orina encima. Las mujeres se ríen. Las niñas del aula están boquiabiertas, temerosas y amedrentadas. Un mutismo atroz se ha posado sobre los pupitres hasta el punto que nadie pestañea siquiera por si produce sonido alguno. Rebeca ha mudado su gesto para siempre. Acaba de traspasar el umbral de lo veraz y ha abandonado su existencia consciente.

—Y ustedes, señoritas —proclama la directora—, no van a decir nada de todo esto porque lo que hicimos ha sido ayudar a nuestra compañerita Rebeca. ¿No es cierto? Nadie va a presumir de haber ayudado a Rebequita enseñándole a ser humilde. ¿No es así? Porque nadie quiere que le hagamos lo mismo. ¿Entendido? ¡¿Entendido?!

—¿Y las marcas en la cara? —dice la mujer que acompaña a la directora.

—Una pelea en el patio, hermana. La expulsamos y asunto terminado.

—Lo que está claro es que a cana no vuelvo. Antes me mato.

—Nadie va a ir a la cárcel. Esa puta va a pagar lo que te hizo con la denuncia. Habrán pasado diez años, pero no olvidamos. ¡Una partera intachable condenada a prisión! ¡Habrase visto!

Simón contaba a Eme el relato de Luz. Se sentó junto a ella y tomó su copa de vino, aunque no lo probó. De repente, se dio cuenta de que la joven era tan habitual en su sofá como los cojines y sonrió.

—No me lo pensé. Cuando Luz me llamó, yo estaba en La Provenza. Cogí un avión en París y me presenté en Buenos Aires. Úrsula Fibonna jamás entendió que me implicara en aquel asunto. Me decía que no me convenía mezclarme en asuntos legales. Sin embargo, cuando llegué a Merlo y Luz me contó lo que había sucedido, no dudé. Llamé a la agencia y pregunté por el teléfono del bufete de abogados que me lleva todo. Ellos me pusieron en contacto con unos procuradores muy eficaces y muy caros de Buenos Aires, los mejores. No estaba dispuesto a no meterme en aquello.

—¿La quieres?

—¿A Rebeca?

—A Luz.

—A las dos. Pero... no... no en ese plano... No que la quiera, a Luz, como mujer. Creo que me entiendes. Las quiero a mi manera, sinceramente. Cuando vi el rostro de Rebeca en el hospital, la pobre, con la vista perdida y la carita hinchada por los golpes y el labio partido... Tardé un día en localizar al procurador, pero en ese lapso de tiempo hice que redactaran un atestado y pusimos una denuncia.

—¿Cómo supisteis que habían sido ellas?

—La profesora a quien echaron del aula lo vio todo. También algunas niñas declararon. Los médicos del hospital no tuvieron dudas al certificar que las lesiones se debían a bofetadas. Fueron meses largos y duros. La pobre Luz tuvo que verse nuevamente envuelta en un pleito, como cuando recién parida denunció a la partera.

Simón recogió las cosas que quedaban por medio, se abrochó la chaqueta y sintió un escalofrío por el cuello. Temió haberse enfriado, quizás tener fiebre. Inmediatamente comprendió que no era eso, sino la insolente presencia de la melancolía acechando por casa como los fantasmas de una habitación embrujada.

Melancolía al recordar a Rebeca. Melancolía, la que sentiría al terminar la novela y no tener pretexto para dialogar con Eme.

Dialogar con alguien es un lujo. Se mire por donde se mire. Si además puede dialogarse sin necesidad de palabras, el lujo se convierte en oxígeno que respirar.

—Simón... necesitas dormir. Mañana, si todo va bien, puedes escribir el final de tu novela. Necesitas estar descansado.

—No te vayas...

—He de irme.

—¿Vendrás mañana?

—Pronto termina mi contrato en la residencia. Dejaré de andar por aquí.

—Pero podrías seguir viniendo. Me encantaría que lo hicieras... ¿Y si te contrato? ¿Y si trabajas para mí?

Simón respiraba confortado en su sofá, ligeramente inclinado hacia atrás, pensando que debería encender alguna luz más en la sala, pero con pereza para hacerlo. Ella, por su parte, sentada sobre sus piernas encogidas, en la butaca, se tapaba la tripa con un cojín, sin dejar de sonreír. No había sino armonía.

—¿Qué más sucedió con Luz?

—Han pasado dos años desde aquello. Por primera vez en mi vida, estaba ayudando a alguien de manera absolutamente desinteresada. Por primera vez en mi vida, actuaba movido por la misericordia, por la generosidad. Decidí escribir algo sobre el maltrato a los niños, sobre las humillaciones. Tenía que, a mi manera, matar los fantasmas escribiendo. Por eso lo de Rebeca Leeman y lo de Marisa y lo de que a los doce años la humillaron. ¿No era aquello lo mejor que podía hacer? Así que, como tantas veces, comencé a redactar párrafos, capítulos, diálogos que luego ensamblaría. Nunca tecleo mis novelas en el orden que luego el lector encontrará, sino a golpe de impulso, a borbotones. Tú lo has visto, Eme.

—¿Ganasteis el juicio?

—Aún no se ha celebrado.

—¿Dos años y aún no ha habido juicio?

—Las cosas son lentas. En Buenos Aires, más.

—¿Y qué ha pasado con Rebeca en este tiempo?

—Luz no quiso contar nada a los Garay de Urbina. Decía que le daba vergüenza y que no quería meterlos en el embrollo. No sé si por protegerlos o por gratitud o por auténtico pudor. La cosa es que el procurador que contraté ha seguido las diligencias y estamos a la espera del juicio, que se celebrará dentro de un par de semanas. La instrucción fue lenta porque algunas familias de algunas niñas se negaron a testificar. A veces hemos pensado que hasta la maestra que lo vio todo acabaría abandonándonos.

—¿Y Rebeca?

Simón suspiró. La infinita tristeza, la tristeza de los vencidos, la de los que no comprenden, esa capaz de generar los mejores poemas y las peores pesadillas, se apoderó de él, le inclinó los hombros, le retorció la boca del estómago, le extrajo el aire de sus pulmones y le ensombreció la mirada.

—Rebeca no ha vuelto a ser la misma desde entonces. Va al psicólogo...

Un silencio largo aunque elocuente envolvió el apartamento, mientras Eme se ponía el impermeable, cogía su paraguas y se dirigía a la puerta. Simón no se levantó; permanecía en el sofá.

—No me has contestado. ¿Querrías trabajar para mí?

—Tú termina mañana tu novela. Te quedan unas pocas páginas. Yo leeré por la tarde lo que hayas hecho.

—¿No vas a contestarme? —preguntó él temiendo la respuesta.

—Lo que yo hago no puede pagarse, Simón —susurró Eme sujetando la puerta con la mano en el pomo.

Y se marchó, dejando tras de sí la pesadez de la ausencia.

27

En la playa.
Cuatro de marzo

Este es mi último artículo para la revista *Arquitectura Exclusiva*. Tras un periodo realmente hermoso en estas páginas, comienzo una nueva etapa, también de la mano de las letras pero alejada de la decoración y el interiorismo. Solo espero que mis consejos os hayan ayudado a hacer de vuestra casa un hogar.

Nos vemos en cualquier otro párrafo.

—¿Señor Lugar?
—¿Quién es?
El deje argentino y el tono de voz al otro lado del teléfono evidenciaban gravedad. Simón guardó su documento, dejó el lápiz en el tarro de los lápices y se levantó de la silla para dirigirse a la ventana. Era temprano, casi de madrugada. Todavía quedaban sobre la

mesita las tazas vacías de té, y en el sofá, arrugado, el cojín anunciaba la ausencia de Eme.

—Soy su abogado aquí. Llamo desde el bufete Swatch y Cía, en Buenos Aires.

El acento hacía evidente la procedencia de la llamada.

—Sí. Dígame.

—Se trata del caso que llevamos entre manos... Hay una novedad...

—¿De qué se trata? Le escucho.

—Pensaba comunicárselo por correo electrónico, pero me pareció mejor telefonearle. No en vano es usted un cliente VIP, recomendado por nuestra oficina en Barcelona...

—¿Puede ir al grano?

—Disculpe que le llame a estas horas. Lo impactante del suceso me hizo atreverme a importunarle.

—¡Por Dios! ¿Qué pasa?

—Verá... Solo decirle que el juicio estaba previsto para hace varias semanas, como sabe... y que se fue dilatando por distintos motivos de índole administrativa... se hace cargo de cómo funciona acá la Justicia... y que, finalmente, no se va a proceder a su celebración en breve.

—¿Cómo?

Simón apoyaba la frente en el cristal de la ventana, como tantas otras veces, dejando que la frialdad del vidrio le aclarara la cabeza. Las gotas, al otro lado, dibujaban carreras de lentes que distorsionaban los brillos de las farolas. Aún era de noche, aunque se presumía el día.

—La acusada, la directora de la escuela... pues...

verá... intentó quitarse la vida en su casa, junto a su hermana, la antigua partera. Al parecer, ha habido una fuga de gas y estuvieron a punto de morir intoxicadas... Según los peritos, fue un intento de suicidio. En la oficina hemos temido que esto ablandara a la jueza, pero se mantiene firme con su decisión de llegar hasta el final.

Simón escuchó el resto de la conversación con una sonrisa taimada. Disfrutaba sabiendo aterrorizadas a las dos mujeres, pero se resistía a que no atravesaran el calvario del juicio, el escarnio, la condena pública.

—¿Habrá juicio finalmente, entonces?

—Lo habrá, pero ahora están en el hospital. La jueza decretó un aplazamiento hasta ver que se recuperan. Le tendré informado.

El informe no dejaba lugar a dudas. El cabello rubio aparecido en el estudio del pintor, sobre su hombro, claramente visible encima de la bata azul, pertenecía a Emilia Gogoarena. Todo comenzaba a cuadrar. Había sido suficiente con tirar del hilo de las biografías para darse cuenta de que todas las víctimas se conocían y habían compartido aventuras a los doce años, en un grupo *scout*.

Abásolo, en pie junto a su mesa, explicaba las conclusiones al sargento Mielgo. No disimulaba cierto brillo de vanidad al sentirse totalmente convencido de sus averiguaciones.

—El maldito forense tenía razón, el muy cabrón. Me dijo que ese cabello podía ser de alguien relacionado con aquel grupo, así que llamé a todos los que pudimos localizar. Aunque han pasado treinta años, treinta y dos exactamente, ha sido más o menos sencillo porque los *scouts* son muy escrupulosos con sus archivos. La cosa es que el cabrón del forense me sugirió que la tal Emilia Gogoarena podía tener algo que ver porque, de todo aquel grupo, solo quedaban con vida dos, ella y Rebeca Leeman. Pedir un pelo para el análisis fue coser y cantar, Mielgo. Hay que ver lo fría que se mostró la tal Gogoarena cuando se lo solicitamos. Esa mujer es una cínica, porque la prueba del ADN no engaña: fue ella quien estuvo en el estudio del pintor y se dejó un cabello sobre el hombro del pobre hombre. Mielgo, vamos a detenerla. Dispón el operativo. Salimos en una hora. ¡Dios, qué fácil ha sido todo!

—Señor... ¿Y Larraskitu?

—Ah, sí. ¡Joder! ¿Te puedes creer que el imbécil de él era el monitor en aquel campamento en la nieve? Aparece su nombre en los papeles de los *scouts*. A la Gogoarena se le va a caer el pelo, si consigo relacionarla con el atropello. Está claro que cuando cría le pasó algo allí y ha ido vengándose de todos, matándolos, incluido el monitor. Necesitamos saber qué fue, qué le pudo pasar con doce años para que ahora se los haya cargado a todos. Quizás abusaron de ella o quizás la humillaron...

—A todos no ha matado, señor. A Rebeca Leeman, no.

—¡Hostia! ¡Rebeca Leeman! ¡Rebeca Leeman es la siguiente! ¡Por eso estaba su nombre escrito a mano en el margen de un informe! ¡Hay que avisarla! ¡Localiza a

Enrique Leeman! ¡Yo intento ponerme en contacto con Rebeca! ¡Hay que coger a Emilia Gogoarena antes de que mate a la última víctima de su lista!

Por fin amaneció, con el rostro en la ventana y luces inciertas más allá del bloque de apartamentos. A lo lejos, un pescador preparaba sus aparejos, desafiando el frío y la lluvia. El paisaje, sin embargo, carecía de color.

Simón llamó a Luz, pero esta tenía el teléfono desconectado.

Preparó el desayuno, aunque lo desatendió, sentándose al ordenador sin hacerle caso. Cuando dieron las cuatro de la tarde, pensaba que había concluido la novela.

Emilia Gogoarena llegó al lugar de la cita. Estaba asustada, descompuesta. Cerró su joyería y, en su BMW, condujo hasta el aparcamiento de la playa, el de cerca del espigón. Allí la esperaba Rebeca Leeman. Sabía que aquello era falso, que no iba a entrevistarla para *Arquitectura Exclusiva*. El encuentro solo podía tener que ver con la serie de muertes que estaban sucediendo; las muertes de sus amigos; las muertes de los del grupo *scout*.

Se encontraron en la arena, a escasos metros del arranque del dique. Avanzaron por él hasta la punta. No llovía, pero el cielo, con enormes nubes negras, amenazaba agua. Estaba anocheciendo y la arena, desierta, se iba tintando de grises.

—Iré al grano —dijo Rebeca—. Eres una hija de puta, responsable del suicidio de Marisa. ¿Sabías que se quitó la vida aquí mismo, en este espigón? ¿Sabías que tenía el cuerpo desfigurado por los golpes que le dieron las olas contra las rocas? ¿Sabías que cuando la encontraron era un globo inflado con las manos y los tobillos en carne viva? ¿Sabías que tardaron tres días en recuperar el cadáver? Eres responsable de esa muerte. Responsable de una vida amargada. Me lo contó todo. Todo, hija de puta. Me contó lo que pasó en aquel albergue con los *scouts*, cuando teníamos doce años. Y todas las veces que la habéis jodido y humillado. Y cómo la violasteis. Y cómo os habéis mofado de ella todo este tiempo. ¡Maldita! ¡Maldita seas! ¿Cómo... cómo se puede ser tan mala persona? ¿Cómo... cómo, dime, cómo se puede llegar a destrozar una vida así? ¡Emilia Gogoarena! ¡Me cago en ti y en todos vosotros! Habéis sido unos cabrones. Os tenía que haber matado muchos años antes. ¡Y la responsable eres tú!

—¿Estás loca? ¿De qué hablas?

—¡No te hagas la tonta! —respondió Rebeca llena de ira, sacando un papel y un boli de su bolsillo—. Voy a atarte de pies y manos con unas bridas y voy a tirarte al mar, hija de puta, para que mueras ahogada como murió Marisa. Antes, vas a escribir una confesión asumiendo los asesinatos. Será mi salvoconducto. Había pensado que escribieras una carta reconociendo todo lo que habéis hecho a Marisa a lo largo de los años, pero eso ya no me importa. Lo que me importa es que he acabado con todos vosotros. ¿Sabes? Pensé en acudir a la Ertzaintza, pero hice algo mejor. Ahora, tú vas escribir una nota y a reconocer que has matado a todos los del grupo *scout* y vas a decir que te suicidas porque no soportas la presión.

—¡Estás loca! —respondió desafiante—. Jamás haré eso. ¿Cómo crees que vas a convencerme?

—Burundanga. Esta droga inhibe la voluntad.

Rebeca mostró un frasco de droguería, como de colonia. Podía ser cierto o podía ser un farol.

—¡Eres una estúpida! Marisa se lo merecía. ¡Era una bastarda! ¿Quién te ha facilitado esa droga? ¿Tu tiíto el forense?

—Ten —le dijo tendiéndole el papel y el bolígrafo—. Escribe.

—Eres patética, Leeman. Nunca nos gustaste. Te empeñabas en ser amiga de tu asistenta en lugar de entender que tu lugar en el mundo era otro. ¡Estúpida!

Rebeca esgrimió el frasco con burundanga. Se disponía a pulverizar la droga en la cara de Emilia, cuando esta sacó de su bolso una pequeña pistola.

El mar bramaba más allá del rompeolas, bronco y eterno, iracundo. Rebeca dio un paso atrás. No contaba con aquello. ¿Una pistola?

—Soy joyera, Leeman. Tengo licencia de armas. La protección es parte de nuestro oficio. ¡Dame ese frasco con la droga!

Rebeca se resistió.

—¡Dámelo, Leeman! —repitió la orden, estirando el brazo hasta que el arma quedó a escasos centímetros de la frente de la arquitecta—. Sospeché de ti desde el primer instante. ¡La santa Leeman! ¡La amiga de la sirvienta! ¿No entiendes que tenemos que mantenernos al margen de ese tipo de personas? ¿No ves que si hacemos concesiones, acabarán creyéndose que son iguales que nosotros? Tu tío fue un imbécil. ¿A quién se le ocurre embarazar a una sirvienta? ¡Dame esa droga! ¡Dámela!

Forcejearon. Emilia le arrebató el frasco y lo guardó en el bolso con la mano izquierda, sin dejar de encañonar a Rebeca con la derecha. Estiró más el brazo y colocó la pistola prácticamente rozando la cabeza de Rebeca.

—Diré que ha sido en defensa propia, Leeman. Pero, antes, dime una cosa, ¿por qué me has dejado a mí para el final?

—Cuestión de agenda —musitó Rebeca elevando la vista por encima del hombro de la otra mujer.

—¿Y mataste también a Larraskitu?

—Era el monitor que permitió todo aquello.

—Te pillarán.

—Lo dudo. El todoterreno que usé para atropellarlo lo alquilé con tu nombre. Es impresionante la falta de rigor que hay en los servicios de alquiler de coches. Ni siquiera me pidieron documentación. Y en los escenarios de cada crimen no encontraron nada de nada. La tata Carmen es estupenda limpiando cualquier resto.

—¡No te creo!

—Eres una hija de puta, Gogoarena.

—Y tú una ingenua, Leeman. Lo siento, pero voy a matarte.

Un disparo, hueco como un trueno con sordina, como

un cohete perdido en la inmensidad del firmamento, hizo
que Rebeca dilatara sus pupilas.

No era un mal final aquel.

Imprimió los folios y aguardó a que subiera Eme.
Era el cuatro de marzo, último día de su trabajo en la residencia, según había explicado.

«Lo que yo hago no puede pagarse, Simón», le dijo
antes de despedirse. ¿Qué escondía aquella frase?
¿Quién era Eme? Simón estaba furioso. Cogió el bote de
los lápices y lo cambió de sitio. Luego, los extrajo uno a
uno y los afiló con un sacapuntas. Tiró los restos a la basura, y volvió a la ventana.

Furioso con Eme pero, sobre todo, contra él, aturdi-
do, vencido por la inminencia de la ausencia de la mujer.
¿En qué estaba pensando? ¿Es que había perdido la cabeza? ¿En qué se estaba convirtiendo? Habría dado una pa-
tada a la mesita central de la sala, haciendo que la pelota y
las revistas volaran por el aire, junto al candelero, pero,
lejos de una reacción así, se entretuvo viendo el mar desde la ventana. ¿Qué estaba haciendo con su obra, con su
vida, con su tiempo? ¿Dónde se ubicaba? ¿Qué le diría
Luz de todo aquello? ¡Luz! ¡Había que hablar con Luz!

Y sonó el timbre.

—Lo siento, Simón. No he podido llegar antes.

Luz, a diez mil trescientos veinte kilómetros del
apartamento de Simón, releía la carta del abogado in-
dicándole que el juicio se aplazaba. Odiaba todo aque-

llo. Odiaba los tribunales, los peritos y las agencias de asistencia social. Odiaba testificar. Odiaba los informes forenses y los pliegos. Odiaba la balaustrada que separaba el banquillo de la jueza. Odiaba volver a pasar por un calvario judicial, por mucho que Simón costeara un bufete impecable. Odiaba a la directora del colegio y a su hermana, la partera que quiso arrebatarle a Rebeca de recién nacida. Odiaba a todas las directoras de todos los colegios del mundo y a todas las parteras de todos los paritorios.

Odiaba su propia vergüenza, aquella que le inmovilizaba y le hacía perder la razón. Odiaba su pudor al pensar que los Garay de Urbina pudieran enterarse. Odiaba ser víctima y sentirse mal por serlo. Odiaba su miedo. Odiaba no recuperar nunca a su hija, perdida en el silencio de una cabecita torturada. Odiaba la cobardía y su falta de arrestos para plantarse frente a las dos locas y matarlas.

Dejó a su hija con la psicóloga, también costeada por Simón. Simón. Eterno Simón. ¡Tan bueno Simón! Simón omnipresente, Simón generoso, Simón afamado escritor, amable, sensato, siempre correcto Simón. ¿Homosexual Simón? ¿O por qué jamás había intentado ninguna emoción con ella? ¿Pura caridad? ¿Dilación? ¿Temeroso Simón, tal vez?

No amaba a Simón. Ni le atraía. Era mayor, extraño, misterioso. Era poeta y, como todos los poetas, melancólico.

No lo amaba. No era amor. No, al menos, el esperable, el de los rumores y las correveidiles. Era quererse. Era confiarse a él, al hombre, al ser humano, a su mano extendida, a la persona detrás del personaje.

La psicóloga le aseguraba que progresaban y progresarían. Era lógico el *shock* al que se veía sometida Rebeca, pero con sesiones de terapia y, sobre todo, con un cambio de aires, la niña regresaría. Sería lento, pero posible.

Cambio de aires, musitaba.

—¿Has matado a Rebeca Leeman?

Eme leía lo último que había escrito Simón. Este, ajeno a la lectura, pensaba en Luz y se preguntaba si no tendría que estar él allí en aquel instante, en Buenos Aires, acompañándola en el trance del juicio, ayudando a Rebeca con su psicólogo...

No, no estaba enamorado de Luz. No estaba enamorado de Eme. Nunca se había enamorado. ¿Cómo saber que no estaba enamorado? No, no lo estaba.

Luz era su tabla de salvación. Luz y Rebeca. Por ellas se había sentido un ser humano capaz de ayudar, de entender, de acompañar. Abrió un cajón del escritorio y extrajo varias páginas impresas.

—Son cuentos y relatos escritos por Rebeca —explicó a Eme.

—¿Quieres hacer el favor de escucharme? ¡Acabas de pegar un tiro a Rebeca Leeman!

—Sigue leyendo, anda.

Y si Luz y Rebeca eran la esencia de su humanidad, el sustento de su supervivencia, Eme, a lo largo de aquel tiempo, se había convertido en su inspiración, en su razón para escribir, para corregir.

—Mañana dejas la residencia. Eso te va a dejar más tiempo para estar conmigo. He pensado que, ahora que esta novela está prácticamente acabada, podríamos empezar otra. Tengo ideas. ¡Buenas ideas! Yo podría escribir y tú podrías ir leyendo lo que escribo, corrigiendo, modificando. Pondría otra mesa aquí, junto a la mía. ¿Qué me dices? Y me ayudarías en la documentación... Nunca... nunca he trabajado así, pero me gusta. No... no me malinterpretes. Te pagaré. De hecho, he calculado cuánto tendría que pagarte por todo lo que has hecho hasta hoy y he obtenido una cifra. Necesito que me des un número de cuenta para hacerte una transferencia. ¿O lo prefieres en efectivo? Tal vez lo prefieras en efectivo...

—Simón, has matado a Rebeca Leeman en el espigón. Has dejado que Emilia Gogoarena le pegue un tiro.

—Y haríamos una novela a tu gusto. Nada comercial. Algo radical, diferente. Algo que a Úrsula Fibonna le hiciera estremecerse. ¡Ja, ja, ja! ¿Qué opinas? Te pagaré, por supuesto...

—Simón, lo que yo hago no puede pagarse. Hoy has acabado tu novela. Yo me iré. Ya no me necesitas. Lo que tienes que hacer es escribir lo que realmente te apetezca. Solo si escribes lo que te apetece, vivirás la vida que te apetece. ¿Por qué has matado a Rebeca Leeman?

—Sigue leyendo. Ya hablaremos...

Un disparo, hueco como un trueno con sordina, como un cohete perdido en la inmensidad del firmamento, hizo que Rebeca dilatara sus pupilas.

Un segundo tiro dibujó un lamparón de sangre en la pierna de Emilia Gogoarena.

—¡Mielgo, cojones! ¿Se puede saber qué has hecho? —gritó Abásolo sin dejar de correr en dirección a las dos mujeres. Su gabardina ondeaba como la vela de un barco a la deriva. Detrás, Mielgo y Enrique.

Emilia Gogoarena recibía el tiro en la rodilla, aflojaba las manos y la pistola y el bolso caían al suelo. A la vez, ella trastabillaba, perdía el equilibrio y se precipitaba al mar. Fue todo instantáneo. Los policías llegaron sofocados al arranque del espigón, la habían visto a punto de descerrajar un tiro a Rebeca y Mielgo había disparado dos veces, primero al aire y luego a la pierna de Emilia Gogoarena. Rebeca observaba la escena como si no formara parte de ella.

—¡Joder, Mielgo! —reprochaba Abásolo, observando el cuerpo de la mujer violentamente sacudido por las olas.

—Iba a disparar a la Leeman —intentó explicar el policía.

Emilia Gogoarena era un guiñapo a merced de las sacudidas de agua. Aparecía y desaparecía en la espuma, chocando contra el rompeolas con grosera inconsciencia, hasta que desapareció bajo el manto gris del mar.

—Escopolamina, vulgarmente llamada burundanga —sentenció Enrique tocando con un bolígrafo el frasco con la droga que se había escapado del bolso de Emilia—. Apuesto a que esto es burundanga. Iba a usarla contigo, sobrina.

Rebeca y Abásolo seguían los movimientos de Mielgo, quien se había descolgado por el muro del dique y mantenía a duras penas el equilibro sobre las rocas, empapándose en cada envite del mar.

—¡Sube aquí ahora mismo, Mielgo, cojones! ¡Vas a conseguir ahogarte tú también!

28

La Provenza. Seis meses después

Septiembre peina las crestas de las vides mientras se recogen las últimas uvas. Huele a almendra, vino y tierra seca. Desde el sur, llega el aire cálido con canciones del Mediterráneo, como cometas encendidas, como calendarios empolvados. Tras la casa, los Ménerbes han colocado un columpio gigante en la rama del olmo, con dos sogas y un tablero, pensando que quizás Rebeca quiera utilizarlo. Están felices. Que monsieur Lugar haya comprado la casa es lo mejor que les podía suceder a ellos. Que quisiera reformarla a lo largo del verano pero sin perder la esencia provenzal, un regalo. Que hiciera todo ello con sus amigas argentinas, un soplo de frescura.

—No sé si alguna vez podré agradecerte todo lo que haces por nosotras, Simón.

Simón escucha a Luz pero no sabe qué responder;

en el fondo, piensa que no hay nada que agradecer: son ellas quienes le han devuelto la vida. Simón suspira. Simón es un hombre razonablemente feliz. Simón escribe poesía en un cuaderno con tapas de hule negro. Simón sonríe sin levantar la vista de sus versos.

Las cortinas de su habitación, más allá de la ventana abierta de par en par, bailan infatigables movidas por la brisa de la tarde.

—Busqué a Eme. Se despidió de mí aquella noche, una vez que dimos por terminada la novela con el ahogamiento de Emilia y el hallazgo de la droga inmovilizante en su bolso. Eme estaba satisfecha. Era su último día en mi casa. Se giró sobre sus talones, me besó en la mejilla y me dijo, otra vez, que escribiera lo que deseo para poder vivir como yo quiero. No le presté mucha atención, convencido de que volvería al día siguiente. Por eso la esperé el día siguiente y el siguiente y el siguiente, pero no apareció. Corregí la novela con las anotaciones que me dejó, pero no apareció. La busqué más allá de la ventana, en los tiestos de la entrada, en la rampa, pero no apareció. Bajé a la playa cada mañana, con la esperanza de encontrármela. Paseé con mi coche por los pueblos cercanos, explorando desde la ventanilla. Pasé noches en vela, pero no apareció. No apareció para ver cómo remataba el libro. La esperé para que me dijera qué escribir, pero no apareció. Veía su rostro en otras mujeres, y sus andares en mujeres que caminaban por la playa, pero nunca era ella. Por fin, un día, atravesé la arena, subí al aparcamiento público y pregunté en la residencia de ancianos. Jamás habían oído hablar de ella. No tenían registrada ninguna empleada cuyo nombre o apellido empezara por la letra «eme». Ni Mónica, ni María, ni Micaela, ni Manuela... ni Martínez, ni Maestro, ni Muniain, ni Miguélez... Nadie supo darme noticias. Tampoco había habido nadie cuyo contrato hubiera terminado el día cuatro de marzo. Me empeñé en preguntar, y finalmente se enfadaron un poco conmigo; debieron de tomarme por un loco, y no se lo reprocho.

Luz escucha, sentada en una desvencijada silla metálica probablemente traída de algún bistró que cerró en los setenta. Tiene entre las manos el manuscrito de Simón, encuadernado y con portada, lo apoya en el regazo y deja que el hombre continúe, dedicándole un gesto con la mayor de las ternuras. Sigue manteniendo el porte y la voz del escritor seguro de sí mismo, aunque ha adelgazado algo, desde que se ha propuesto ordenar sus comidas y salir cada mañana a pasear en bicicleta.

—Has sido lo mejor que nos ha pasado en la vida, Simón.

—Me empeciné en hablar con la dirección de la residencia, pero concluimos que, en efecto, nunca había habido ninguna Eme trabajando allí. ¿Y sabes una cosa? Comprobé sus dos correos electrónicos a ver si había pistas de dónde localizarla, y no estaban. No estaban en la bandeja de entrada y no estaban en la papelera. No estaban en el ordenador ni estaban en el portátil ni estaban en ninguna de mis cuentas ni estaban en mi Facebook. Quizás las borró ella misma el último día que estuvo en mi apartamento... o quizás... quizás nunca los recibí.

Luz levanta la vista. Llega Rebeca en compañía de madame Ménerbes.

La anciana explica con su precario castellano que ambas han estado recogiendo miel en las colmenas, y que la niña es una jovencita valiente y lista que no teme a las abejas, y que se ha hecho muy bien a la vida en Provence y que para esta noche van a preparar tostadas de pan caliente con tomate, y que mañana quizás saquen las viejas tinas de hojalata y hagan jabón de flores en el patio. Rebeca sonríe, tímida y adulada, acurrucándose junto a su madre y permitiendo que esta le acaricie el cabello.

—La cosa, mi querida Luz —concluye Simón—, es que empiezo a dudar de si Eme existió o no, pero prefiero no pensarlo porque... ¡acabaré volviéndome loco! —Y estirándose hacia delante, hace cosquillas con su grueso dedo en la tripa de Rebeca, quien esboza una carcajada mientras se aplasta contra su madre—. ¡Absolutamente loco! ¡Rematadamente loco! ¡Loco de atar! ¡Un poeta loco! ¡Un poeta loco de atar!

Simón se pone en pie, retira pausadamente hacia atrás su propia silla y recita a voz en grito sus últimos versos, sin dejar de batir los brazos, con las cortinas de la ventana como escenografía y con los señores Ménerbes riéndose a carcajadas.

¡¡No sabemos dónde están
las consecuencias de la tormenta

ni sabemos dónde vive
la razón del amor,
pero sé que si es tu mano,
no habrá vacío,
si es tu mano!!
¡¡Y que vengan a llevarme
las sirenas y oropeles,
que si es tu mano quien me tiene,
poesía,
aquí quedaré habitado,
feliz, irredento,
absolutamente renovado!!

Aplauden todos. Y entonces, cuando Simón saluda como si estuviera en el escenario de un gran teatro, inclinando su cuerpo y lanzando besos a los espectadores, sucede: el universo se detiene, el sol lanza sus mejores sombras, La Provenza entera se viste de lavanda y un escalofrío recorre cada terrón del paisaje, cada cepa, cada casa, cada muro de piedra desconchada, cada vetusto coche Renault, cada espalda de cada ser humano, cada carretilla oxidada, cada fachada al aire, cada colina, cada pozo, cada surco, cada artista exiliado en el país del ocre, cada párrafo nacido, cada balcón oreado, cada fragmento de humanidad desde Aviñón hasta Briançon.

Y Simón comprende que su sitio es aquel, lejos del gris, lejos de Úrsula Fibonna y sus insistentes súplicas para reconciliarse con la agencia, lejos de los correos electrónicos rogando leer su novela, lejos de las portadas, lejos del apartamento de la playa, vendido a todo correr mediante una inmobiliaria, lejos de sus libros expuestos groseramente en las cabeceras de las tiendas, lejos de los lápices ordenados y los bolígrafos clasificados.

Sucede y Simón resucita. Sucede y la vida estalla con la energía de las cortinas a merced del viento. Sucede y Luz revienta de gozo.

—Yo creo que Eme ha sido tu musa. La «eme» es «eme» de musa. Son cosas que solo entendemos los escritores —pronuncia Rebeca. Y a continuación, lanzando una cálida mirada a Simón, le guiña un ojo como hiciera este en La Guarida hace años.

Luz y Simón dibujan dos rotundas sonrisas. Luz llora. Simón contiene el llanto con la barbilla temblorosa. Discretamente, los señores Ménerbes salen del escenario.

Despedí a mi tío Enrique en su piso, con las maletas acumuladas en el vestíbulo.

—Me alegro por vosotros dos, tío.

—Gracias, Rebeca. A Carmen le va a costar superar todo este infierno.

—Nos va a costar a todos. La Provenza os ayudará. Es un buen plan para vuestra jubilación.

—Echaré de menos esta costa.

—Vendréis de cuando en cuando.

—Lo dudo. Carmen está rota.

—La tata Carmen es fuerte.

—Está siendo tan costoso...

Le ayudé a bajar las cosas. Me explicó que harían mudanza más adelante, aunque, en realidad, disfrutaban con la idea de irse ligeros de equipaje.

Ya sentado al volante, bajó la ventanilla y me preguntó:

—¿Cómo hiciste para conseguir un cabello de Emilia?

—Fue sencillo. Acudí a la joyería a buscarla, pero no estaba. Pedí ir al servicio. Me pasaron a la trastienda y me dejaron usar el suyo. Había un cepillo de pelo que claramente es el que usaba ella. Aquel día se me ocurrió cómo incriminarla.

—¿Y si no hubieras encontrado el cepillo?

—Algo habría encontrado.

Mi tío accionó el contacto.

—Rebeca... cuídate mucho.

—¿Por qué nunca has dicho nada sobre Marisa?

—Porque hay cosas que es mejor no decir.

Cuando vi alejarse el coche, comprendí que yo nunca sería la misma. Me puse el casco, arranqué la moto y me dirigí a casa. Tenía una novela que escribir. No una novela negra, con muertos e intriga, sino una melancólica y gris, que era, supongo, como yo me sentía. Mi padre me había conseguido un contrato con Ediciones Eme para publicar un libro tierno e íntimo, y debía ponerme manos a la obra.

Descorrí las cortinas, observé el mar, gris como una plancha de acero, y me convencí de que jamás sería capaz de abandonar mi paisaje. La Provenza estaría bien para dos jubilados que pretenden huir del pasado, pero no para la gran Rebeca Leeman, por lo que encendí el ordenador, abrí un nuevo documento y comencé a escribir mi *best seller*, convencida de que el aspecto físico de mi tío y el de la tata encajarían a la perfección como los guardeses de la casa de mi protagonista. Me los imaginaba allí, atentos a todo, viviendo plácidamente, acompañando a mis personajes en su recuperación...

Chasqueé los dedos y pensé en un nombre para mi novelista poeta.

¿Qué tal *Simón Lugar*?, pensé. Y entonces empecé a teclear:

Simón apagó el ordenador después de cerciorarse bien de haber guardado el documento, haberlo copiado en un *pendrive* y haberlo volatilizado en el Dropbox. Después, introdujo su lápiz negro en el bote de los lápices negros, el bolígrafo de gel en el de los bolígrafos y la goma de borrar en la cajita metálica en la que se ordenaban otras gomas y algún sacapuntas.

En su cabeza, únicamente la forma de matar a la joven periodista de los pechos grandes.